D0760113

UN PASADO OSCURO

ANNIE WEST

HARLEQUIN™

Editado por Harlequin Ibérica.
Una división de HarperCollins Ibérica, S.A.
Núñez de Balboa, 56
28001 Madrid

I.S.B.N.: 978-84-687-7866-2
Depósito legal: M-2986-2016
Impresión en CPI (Barcelona)
Fecha impresion para Argentina: 3.10.16
Distribuidor exclusivo para España: LOGISTA
Distribuidores para México: CODIPLYRSA y Despacho Flores
Distribuidores para Argentina: Interior, DGP, S.A. Alvarado 2118.
Cap. Fed./Buenos Aires y Gran Buenos Aires, VACCARO HNOS.

Capítulo 1

POR supuesto que lo harás. Sabes que lo harás. Reg Sanderson dejó de servirse el whisky para mirar fijamente a su hija. Como si pudiera someterla a su voluntad como había hecho años atrás. Elsa sacudió la cabeza y se preguntó cómo era posible que un hombre pudiera estar tan centrado en su propia importancia como para no darse cuenta de que el mundo había cambiado. Elsa había cambiado desde que se marchó. Incluso Fuzz y Rob habían cambiado últimamente, pero su padre no se había dado cuenta. Estaba demasiado centrado en las maquinaciones de sus negocios. Aunque ya no se trataba solo de trabajo. Su último plan era una intolerable mezcla de asuntos personales y laborales.

No era de extrañar que Fuzz hubiera salido huyendo. Felicity Sanderson podía ser voluble y caprichosa como solo podía serlo la hija favorita de un hombre muy rico, pero no era ninguna estúpida.

Elsa miró a su padre e ignoró la frialdad de sus ojos. Había necesitado años de práctica para mantenerse firme ante su brutal comportamiento, pero ahora le salía de forma natural.

—Esto no tiene nada que ver conmigo. Tendrás que solucionarlo tú solo.

¿Quién iba a pensar que Reg Sanderson acudiría a

rogarle a su hija mediana, a la que tanto tiempo había ignorado? Aunque no hubo ningún ruego cuando la llamó por teléfono furioso, exigiéndole que acudiera al instante a su casa de la playa porque su hermana Felicity estaba a punto de destrozar su vida.

—Por supuesto que tiene que ver contigo —bramó él. Entonces se contuvo e hizo una pausa para dar otro sorbo a su whisky—. Eres mi única esperanza, Elsa.

Esta vez el tono fue más conciliatorio, casi conspiratorio.

A Elsa se le erizó el vello de la nuca y sintió tensión en el vientre. Su padre gritaba cuando no conseguía al instante lo que quería. Pero cuando había que temerlo de verdad era cuando fingía estar de tu lado.

—Lo siento —se mordió el labio y se recordó que no había necesidad de disculparse. Pero los antiguos hábitos eran difíciles de erradicar. Alzó la barbilla—. Es una idea absurda, y aunque no lo fuera no podría hacerme pasar por Felicity. No estoy...

—Ya, por supuesto que no estás a la altura de tu hermana. Pero con un cambio de imagen y algo de entrenamiento, lo conseguirás.

Elsa mantuvo la compostura. En el pasado, las constantes referencias de su padre a cómo no podía compararse con su hermana mayor en aspecto, gracia, alegría, encanto y elegancia habían sido su cruz en la vida. Ahora sabía que en la vida había cosas más importantes que intentar, sin éxito, estar a la altura de las expectativas de su padre.

—Iba a decir que no estoy interesada en conocer a ninguno de tus compinches de trabajo, y mucho menos casarme con uno.

Elsa se estremeció. Se había escapado de su horrible padre en la adolescencia y nunca había mirado atrás. Aquel hombre con el que su padre quería hacer negocios estaría cortado por el mismo patrón: sería posesivo, egoísta y poco honrado.

–Estoy segura de que, si le explicas la situación, lo comprenderá –Elsa se levantó del sillón de cuero blanco, agarró el bolso y se dirigió hacia la puerta.

–¿Comprenderlo?

A su padre se le quebró un poco la voz, y aquello transfiguró a Elsa. A pesar del temperamento volátil, podría jurar que aquello era lo más parecido a una emoción real que le había visto en años. Incluso cuando su madre murió, lo que derramó fueron únicamente lágrimas de cocodrilo.

–Donato Salazar no es de los que comprenden. No eres consciente de lo mucho que lo necesito. Sugerí el matrimonio para consolidar nuestros lazos empresariales y estuvo de acuerdo en considerarlo –el tono de su padre dejaba claro que aquello era un honor para él. Y eso que se consideraba a sí mismo el cénit de la sociedad y del mundo empresarial de Sídney.

–Necesito el dinero de Salazar. Sin él me hundiré, y será pronto. Necesito un lazo personal para mantenerme a flote. Un lazo familiar –tenía un tono desagradable y su mirada expresaba maquinación.

La idea de que la inmensa fortuna de su padre corriera peligro tendría que haberla sorprendido, pero no fue así. A Reg Sanderson le gustaba correr riesgos.

–No confías en él, y sin embargo quieres que se case con tu hija –Elsa le miró con repugnancia.

–Vamos, no seas tan mojigata. Me recuerdas a tu madre –alzó el labio–. Salazar puede darle a una mujer todo lo que el dinero puede comprar. Estarás cubierta durante toda tu vida.

Elsa no dijo nada. Conocía la valía de su madre y

sabía que el dinero no podía comprar las cosas importantes de la vida. Pero aquella discusión no tenía sentido. Fuzz había preferido huir antes de tener que conocer al tal Salazar, y Elsa no tenía intención de sacrificarse por los planes de su padre. Además, aquella personificación del éxito empresarial no estaría interesado en quedarse con la «otra» hija de Reg Sanderson. Con la sosa y poco interesante que se ganaba la vida trabajando. Era una chica normal, una enfermera que se dedicaba a visitar a los enfermos en su casa. No tenía nada en común con una persona exitosa. Elsa se giró otra vez hacia la puerta.

–Sin el dinero de Salazar lo perderé todo. El negocio, esta casa. Todo. Y si eso sucede, ¿qué crees que les pasará a tus hermanos? –se detuvo el tiempo suficiente para que un escalofrío recorriera la espina dorsal de Elsa. –¿Qué pasa con el dinero que tu hermano necesita para su nuevo proyecto? –su tono destilaba veneno–. Ese en el que Rob está tan involucrado que ha dejado el negocio familiar. El que da de comer a tu hermana Felicity. Y a su novio –escupió las palabras.

Elsa se dio la vuelta. El pulso le latía con fuerza en el cuello.

–Ese dinero es de Rob, no tuyo.

Su padre se encogió de hombros y la miró de soslayo.

–Tomé... algo prestado para cubrirme –debió de notar la ira de Elsa, porque la atajó antes de que pudiera hablar–. Si yo me hundo, ellos también. ¿Cómo crees que se tomarán que haya desaparecido el dinero que necesitan para terminar su maravilloso resort?

Los ojos claros de su padre rezumaban triunfo.

Elsa sintió una furia impotente. Su padre había robado a Rob y aun así esperaba que ella le ayudara.

Sin duda era consciente de que lo que sentía por sus hermanos era una debilidad que podía explotar.

Elsa había experimentado un profundo alivio cuando Fuzz y Rob escaparon finalmente de la influencia de su padre. Había envenenado sus vidas durante demasiado tiempo. Si perdían aquella oportunidad de hacer algo por sí mismos...

Estiró los hombros como un prisionero que se fuera a enfrentar a un pelotón de fusilamiento.

—De acuerdo —le espetó—. Le conoceré.

Pero solo para explicarle que su hermana Felicity ya no formaba parte del acuerdo. Sería directa. ¿Qué hombre en su sano juicio esperaría que el matrimonio cimentara un acuerdo de negocios?

—Por fin está aquí —la voz de su padre vibró con afabilidad—. Me gustaría presentarte a mi hija Elsa.

Ella se quedó un instante de pie, viendo cómo el atardecer transformaba el puerto de Sídney en un espejo de tonos cobrizos y melocotón. Luego aspiró con fuerza el aire y se giró.

—Elsa, cariño —el saludo de su padre la hizo parpadear. Era la primera vez que se dirigía a ella de aquel modo. Se lo quedó mirando fijamente. En el pasado habría dado cualquier cosa por que la tratara con aprobación y cariño.

Su padre dijo algo más. Elsa escuchó el nombre de Donato Salazar y empastó una sonrisa. Se dio la vuelta hacia el hombre que estaba a su lado y alzó la vista.

Algo le atravesó el estómago, un golpe que la hizo tambalearse.

El hombre que tenía delante no pertenecía al mundo

de las fiestas de su padre. Aquel fue su primer pensamiento. Aquellos eventos se manejaban entre la modernidad y lo sórdido. Este hombre era demasiado... rotundo para ser alguna de aquellas dos cosas. La palabra que le surgió en la cabeza fue «elemental». Era como una fuerza de la naturaleza, un líder.

La segunda palabra que le vino a la mente fue «bello».

Incluso la tenue cicatriz que le atravesaba la mejilla enfatizaba su belleza en lugar de enmascararla.

Era bello como podía serlo el risco lejano de una montaña, con su pico helado que seducía a los montañeros y a la vez resultaba traicionero. Como podía serlo una tormenta en el mar, letal pero magnífica.

Lo que la llevó al tercer pensamiento: «peligroso».

No era solo su absoluta inmovilidad, la atención con la que la escudriñaba como si fuera una ameba colocada bajo el microscopio. Ni que su hermoso rostro estuviera como tallado en planos rectos, sin ninguna curva. A excepción de aquella boca fina y perfectamente dibujada que llamó la atención de Elsa.

En su vida profesional había visto labios curvados en sonrisas de alegría o de alivio, o apretados por el dolor y la tristeza. Pero nunca había visto unos labios así, que indicaban sensualidad y crueldad al mismo tiempo.

Aquella boca tan bonita se movió para articular unas palabras que Elsa no consiguió captar porque tenía el cerebro nublado.

—Lo siento, no he entendido.

—He dicho que es un placer conocerla, señorita Sanderson —los labios se curvaron hacia arriba, pero Elsa tuvo la absoluta certeza de que lo que Donato Salazar sentía no era placer.

Lo confirmó cuando lo miró a los ojos, que eran de color azul oscuro y estaban enmarcados por unas cejas negras. Tenía una mirada entre observadora y... ¿molesta?

–Encantada de conocerle, señor Salazar.

–Vamos, no hace falta ser tan formales –intervino su padre. Nunca Elsa agradeció tanto su presencia. Resultaba casi benigna en comparación con el hombre que estaba a su lado–. Llámala Elsa, Donato.

El hombre alto asintió y ella se fijó en que el pelo oscuro le brillaba como el ala azulada de un cuervo. Y que tenía un hoyuelo en la barbilla.

–Elsa –su voz sonó profunda y resonante–. Y tú llámame Donato.

Tal vez fuera el brillo de sus ojos, o el frunce satisfecho de aquellos labios, o el hecho de que finalmente hubiera superado el primer impacto que le causó. Pero de pronto, Elsa volvió a ser ella misma.

–Muy amable por tu parte, Donato. Tengo entendido que eres de Melbourne. ¿Vas a quedarte mucho tiempo en Sídney?

–Eso depende de varias cosas –su padre y él intercambiaron una mirada fugaz–. Por el momento no tengo planes de volver.

Elsa asintió con naturalidad, como si aquellos planes no incluyeran casarse con la hija de Reg Sanderson. Pero aquello no iba a suceder.

–Esperemos que siga haciendo buen tiempo durante tu estancia. Sídney hay que disfrutarla con sol –como si ella se pasara la vida en el yate de su padre bebiendo champán y comiendo.

Se llevó una mano al estómago vacío. Fuzz se había marchado unas horas antes de esta fiesta en honor al hombre con el que su padre quería que se casara, y

Reg había hecho venir a Elsa nada más salir del trabajo. Como de costumbre, el alcohol fluía por todas partes, pero la comida todavía no había hecho su aparición.

—Ah, el tiempo —Donato seguía manteniendo la seriedad en la mirada, pero sus labios esbozaron un tenue gesto de superioridad—. Un comienzo de conversación educado y predecible.

Elsa fingió sorpresa para ocultar su molestia. Ya había sido durante bastante tiempo fuente de diversión para los sofisticados amigos de su padre. Sus años de patito feo la llevaban a irritarse cuando la trataban con condescendencia.

—Entiendo. En ese caso, por favor, escoge tú otro comienzo de conversación, a ser posible educado.

Los ojos de Donato mostraron un brillo que parecía aprobatorio.

—Elsa, de verdad... —comenzó a decir su padre.

—No, no. El tiempo me parece un buen tema —se inclinó hacia ella y Elsa captó un estimulante aroma a café y a piel masculina—. ¿Crees que podemos esperar una tormenta veraniega más tarde? ¿Con rayos y truenos, tal vez?

Elsa miró a su padre, que tenía una expresión gélida, y luego otra vez a Donato Salazar. Sabía que su padre estaba sudando con aquel encuentro y no le importaba lo más mínimo. Estaba dividida entre la admiración y la rabia.

—Cualquier cosa es posible, dadas las condiciones atmosféricas que tenemos.

Donato asintió.

—Encuentro muy estimulante esa perspectiva —no se había movido, pero de pronto el aire que los rodeaba pareció enrarecerse—, cuéntame más —murmuró con su voz rica y profunda como el sirope–. ¿Qué condiciones atmosféricas provocarían electricidad en el aire?

Estaba jugando con ella.

Había notado su instantánea y profundamente femenina respuesta hacía él, aquel temblor en el vientre, el sonrojo, y le divertía.

–No tengo ni idea –le espetó–. No soy meteoróloga.

–Qué decepción –sus palabras eran como seda. Tenía la mirada clavada en ella, como si Elsa fuera un espécimen curioso–. A la mayoría de la gente que conozco le gusta hablar de las cosas que saben.

–¿Te refieres a que les gusta lucirse mostrando sus conocimientos?

La insinuación quedaba clara. La gente intentaba atraer la atención de aquel hombre. Su padre se aclaró la garganta, dispuesto a interrumpir una conversación que no estaba saliendo como él tenía pensado.

Pero entonces Donato se echó a reír y aquel sonido provocó en Elsa un escalofrío. Tenía una risa sorprendentemente atractiva para ser un hombre con aspecto de poder interpretar el papel de príncipe de la oscuridad sin ningún esfuerzo. El problema estaba en que la risa, el humor de su mirada y aquella sonrisa repentina le convertían en alguien mucho más cercano.

Elsa se estremeció. El corazón le latía con fuerza contra las costillas, y sentía algo parecido a la mantequilla fundida entre las piernas. Parpadeó para reponerse. Ella no se derretía a los cinco minutos de conocer a un hombre.

–Me disculpo en nombre de mi hija –su padre le lanzó a Elsa una mirada glacial.

–No hay necesidad de disculparse –Donato seguía sin apartar la vista de ella–. Tu hija es encantadora.

–¿Encantadora? –repitió Reg antes de recuperarse

rápidamente–. Sí, por supuesto. Es alguien poco común.

Elsa apenas escuchó las palabras de su padre, estaba atónita.

¿Encantadora? Nunca en su vida la habían descrito de aquel modo.

–Debe de estar orgulloso de tener una hija tan inteligente y directa.

–¿Orgulloso? Sí, sí. Claro que sí –su padre necesitaba mejorar sus dotes de actuación. Normalmente mentía con mucha facilidad, pero Elsa no le había visto nunca tan desesperado.

–Y además es muy guapa.

Aquello había ido ya demasiado lejos. Había hecho todo lo posible rebuscando en el armario de su hermana algo adecuado. No iba a enfrentarse a una multitud de estrellas sociales con la ropa de trabajo y los zapatos planos. Pero no se hacía ilusiones. Fuzz era la que hacía girar las cabezas, no ella.

–No hay necesidad de hacerme la pelota. Y preferiría que no se hablara de mí como si no estuviera delante.

–¡Elsa! –parecía que a su padre le iba a dar un ataque. Estaba rojo y era como si los ojos se le salieran de las órbitas.

–Te pido disculpas, Elsa –aquella voz aterciopelada la hizo estremecerse otra vez–. No pretendía insultarte.

–No eres tú quien debería disculparse, Donato –su padre se acercó y la agarró del brazo con fuerza–. Yo creo que...

–Yo creo –le interrumpió Donato con suavidad– que ya puedes dejarnos solos para que nos conozcamos mejor.

Su padre se lo quedó mirando durante un instante.

Normalmente era muy rápido y muy ácido en sus respuestas. Así que verle perdido suponía una experiencia nueva.

¿Quién era aquel hombre capaz de asustarle tanto?

–Claro, claro –su padre empastó una sonrisa–. Tenéis que conoceros mejor. Os dejaré solos –le dio un último pellizco en el brazo a su hija y la soltó antes de marcharse como si no le importara.

Elsa le vio alejarse y quiso gritarle que volviera. Algo ridículo, ya que se había pasado la mayor parte de su vida evitándole. Y teniendo en cuenta que nunca había sido un padre protector.

Pero el nudo que sintió en el estómago al volver a cruzar la mirada con la de Donato Salazar le hizo saber que realmente necesitaba protección.

Capítulo 2

DONATO miró aquellos ojos claros y sintió el impacto como si alguien hubiera arrojado una piedra a unas aguas tranquilas.

No eran unos ojos normales. De hecho, no había nada de normal en Elsa Sanderson. Esperaba encontrar a la típica hija de papá, y en cambio...

¿En cambio qué?

Todavía no lo sabía, pero tenía intención de averiguarlo.

No le gustaba que le pillaran con la guardia bajada. Años atrás, en la cárcel, bajar la guardia podría haberle costado la vida. Y casi le costó un ojo. Entonces convirtió tener el control en el objetivo de su vida, ser él quien manejaba las riendas, no volver a reaccionar ante fuerzas que no podía controlar.

Hacía mucho tiempo que nadie le pillaba por sorpresa, y no le gustaba.

Aunque sí le gustaba lo que veía. Y mucho.

Para empezar, aquellos ojos. Eran como el mercurio. De un tono indefinido entre el azul y el gris, que se convirtió en frío plateado cuando se enfadó con él. Donato había sentido su desaprobación como una puñalada de hielo en el vientre.

Y sin embargo, su respuesta fue preguntarse qué aspecto tendrían sus ojos cuando estuviera atrapada por la pasión. Con él dentro de su cuerpo, sintiendo cómo se estremecía. No era de extrañar que estuviera irritado. Elsa había interceptado sus pensamientos, interfiriendo momentáneamente en sus planes.

No era lo que esperaba ni lo que quería. Ningún hombre buscaba aquella repentina sensación de no ser ya dueño de su destino. Un destino pérfido que al parecer todavía le reservaba algunas sorpresas desagradables.

Al diablo con el destino. Hacía años que Donato había dejado de ser su víctima.

–Por fin solos –murmuró observando cómo Elsa apretaba los labios.

Así que a ella tampoco le gustaban las chispas que saltaban entre ellos. Pero además de su cautela y la desaprobación, Donato percibió también desconcierto. Como si no reconociera la espesura del ambiente como lo que realmente era: atracción carnal.

Instantánea. Absoluta. Innegable.

–No tenemos necesidad de estar solos. Con quien tienes que tratar es con mi padre –Elsa alzó la barbilla con gesto beligerante.

Donato sintió un nudo en el estómago. ¿Cuánto hacía que una mujer no reaccionaba así ante él? No con desdén por sus orígenes, sino desafiante. Los últimos años habían estado plagados de mujeres deseosas de agarrarse a lo que pudieran: sexo, dinero, estatus, incluso a la emoción de estar con un hombre de oscura reputación. ¿Cuánto hacía que una mujer que deseaba le resultaba difícil de conseguir?

Porque se había dado cuenta de que deseaba a la señorita Elsa Sanderson con un ansia primaria que seguramente a ella la desconcertaría. A él le perturbaba, y eso que pensaba que no podría escandalizarse ya por nada.

–Pero esta noche se trata de socializar. Esto es una fiesta, Elsa –pronunció su nombre muy despacio, disfrutando de su sabor casi tanto como disfrutó de la respuesta en aquellos ojos brillantes.

Ah, sí, la señorita Sanderson lo deseaba tanto como él a ella. El modo en que se humedeció los labios con la punta de la lengua. La manera en que dejó caer los párpados, como si anticipara el placer sexual. La rápida elevación de sus preciosos senos bajo la seda azul de su ajustado vestido.

Los pezones se le endurecieron y se dispararon hacia él. Donato tuvo que contenerse para no ponerle las palmas de las manos en el pecho. Quería sentir su peso en las manos. Quería más de lo que podía tomar allí, en una de las terrazas de la mansión de su padre que daba al puerto.

Se guardó las manos en los bolsillos traseros de los pantalones y vio cómo entornaba los ojos, retándole a quedarse mirando su cuerpo.

–¿Te perturbo, Elsa?

Si no quería que admirara la vista tendría que haberse puesto otra cosa, no un vestido que le marcaba las curvas como un envoltorio de plástico. En eso al menos no le había sorprendido. Esperaba que la hija de Sanderson fuera como su padre, más exhibición que sustancia. Pero entonces Elsa se giró para mirarle y supo con absoluta certeza que era distinta.

–Por supuesto que no –a Donato le gustó su tono bajo y confiado, muy distinto a las risas estridentes de las mujeres que rodeaban la piscina–. ¿Tienes por costumbre perturbar a la gente?

No era un tono coqueto, sino muy serio, como si estuviera tratando realmente de entenderlo.

Donato dio un paso adelante y ella se quedó muy quieta. Se le dilataron las fosas nasales. ¿Estaría aspirando su aroma, como él aspiraba el suyo? Descubrió que olía a... ¿arveja? El olor de un jardín antiguo.

Le asaltó un recuerdo. El de un jardín soleado. Su madre riéndose, algo extraño, y Jack explicándoles con paciencia la diferencia entre las malas hierbas y las preciadas plantas de semilla.

¿Cuánto tiempo hacía que no pensaba en eso? Pertenecía a otra vida.

−¿Donato?

Se puso tenso al darse cuenta de que ella había alzado la mano como si fuera a acariciarle. Luego la dejó caer a un lado. Donato no supo si sentirse aliviado o arrepentido.

Quería tocarla. Lo deseaba mucho. Pero no allí. Una vez que se tocaran ya no habría marcha atrás.

−Algunas personas me encuentran perturbador.

A Elsa le resultaría reconfortante creer que tenía ese impacto en todo el mundo. Pero para ella su respuesta resultaba completamente personal, como si algo les uniera.

−¿Y por qué?

Donato alzó sus oscuras cejas. A Elsa le costaba trabajo creer que hubiera en el mundo alguna mujer que no cayera redonda ante aquellos rasgos de ángel caído.

−¿Qué sabes de mí?

Ella se encogió de hombros.

−Solo que mi padre quiere hacer negocios contigo. Por lo tanto, debes de ser rico y poderoso.

Guardó silencio antes de hacer algún comentario maleducado. Lo que tendría que hacer era suavizar el camino para darle la noticia de que su hermana no iba a jugar a las casitas con él.

–También sé que eres de Melbourne y que estás de visita en Sídney para un proyecto importante.

–¿Eso es todo? –la miró de un modo penetrante, como si quisiera atravesar la ropa de su hermana y llegar a la mujer sin ornamentos que había debajo.

Su traicionero cuerpo se calentó y le temblaron un poco las rodillas.

–Eso es todo –no había tenido tiempo para hacer una búsqueda en Internet. Apenas había podido buscar ropa adecuada para la ocasión tras el encuentro con su padre.

–¿No te interesan los negocios de tu padre?

–No –Elsa no se molestó en dar más detalles. Lo que su padre hiciera ya no era cosa suya. Excepto si amenazaba a Rob y a Fuzz–. Bueno...

Donato alzó una mano para silenciarla.

–No te expliques. Resulta refrescante conocer a alguien suficientemente sincero para admitir que solo le interesa el dinero, no cómo se consigue.

–No me has entendido –hacía que pareciera una sanguijuela.

–¿Ah, no? ¿Por qué?

Elsa decidió entonces ser cauta y sacudió la cabeza.

–Da igual. No es relevante.

No volverían a encontrarse nunca. Preocuparse por lo que Donato pudiera pensar de ella era un signo de debilidad. Además, se negaba a que él, Donato Salazar, supiera cosas de ella. El conocimiento era poder y él parecía ser de los que lo utilizaban sin compasión.

–Entonces, ¿qué es relevante?

–La razón por la que estás aquí esta noche. Felicity.

–He venido para conocerla –Donato dirigió la mirada hacia las terrazas superiores, que estaban llenas de gente.

—No ha podido estar aquí esta noche.

—Eso me dijo tu padre.

Elsa se preguntó qué más le habría contado. Se apostaba todos sus ahorros a que no había admitido que Fuzz había huido a Queensland con tal de no enfrentarse a este hombre. La idea de que su hermana estuviera en algún sitio sin champán helado, baños de espuma y público adorándola le resultaba inconcebible. Pero Rob había dicho que estaban alojados en un viejo motel y que se las arreglaban con un camping gas y duchas frías mientras terminaban las reformas.

Fuzz se había enamorado por primera vez. Matthew, amigo de Rob y ahora socio en el negocio, era un hombre decente, honrado y trabajador, una excepción en el círculo social de su familia. La decisión de Matthew de convertir el desprestigiado hotel que había heredado en un moderno resort fue el catalizador que Rob y Fuzz necesitaban para romper con Sídney y con su padre.

—Así que estás aquí sustituyendo a tu hermana —la voz de Donato le atravesó las venas como si fuera alcohol puro—. ¿Qué podría haber más placentero?

Le cambió la expresión, su mirada se hizo más penetrante, se le agudizaron las líneas del rostro. Tenía aspecto de depredador.

—¡No en el sentido que estás pensando! —le espetó Elsa.

—¿Sabes qué estoy pensando? —alzó de nuevo aquellas cejas oscuras.

—¡Por supuesto que no!

¿Cómo era posible que la desestabilizara tan fácilmente? Había invertido muchos años aprendiendo a mantener sus pensamientos y sus emociones bajo control.

Pero con Donato no podía. Se sentía insegura y fuera de lugar, así que decidió cambiar de tema.

–Estoy segura de que disfrutarás de esta noche. Las fiestas de mi padre tienen muy buena fama.

Un chillido agudo cortó el aire y fue seguido de una zambullida en la piscina. Se escucharon risas y luego otra zambullida.

–Eso parece –Donato no cambió de expresión, pero utilizó un tono de voz helado que daba a entender que no tenía tiempo para juegos festivos–. Aunque yo he venido a conocer a tu familia. A conocerte a ti, Elsa.

Allí estaba otra vez aquel temblor de excitación cuando dijo su nombre. Elsa se frotó los brazos desnudos con las palmas para disimular la carne de gallina. Se dio cuenta de su error demasiado tarde, cuando la mirada de Donato se clavó en su movimiento. No hacía frío. Donato supo que estaba reaccionando a él.

Elsa se dio la vuelta y se apoyó en la barandilla de la terraza fingiendo mirar la vista del puerto. Él estaba a un metro de distancia, pero sentía como si se estuvieran tocando. ¿Cómo era posible?

–Hasta esta noche no supe que tu padre tuviera tres hijos. Solo había oído hablar de dos.

Aquello no era una sorpresa. Reg Sanderson nunca presumía de su aburrida hija mediana como lo hacía de su inteligente hijo y de su preciosa hija mayor. Hasta aquella noche, Elsa había sido *persona non grata*.

–Felicity y Rob están más unidos a él. Rob incluso trabajó para él –hasta que vivir tan de cerca el negocio de su padre acabó con su entusiasmo. Rob era abogado de empresa, y Elsa sospechaba que había visto demasiadas cosas de las tácticas empresariales de su padre.

–Pero no he visto fotos tuyas con tu hermana en la prensa.

Elsa parpadeó.

–¿Lees las páginas de sociedad? –parecía un hombre interesado solo en finanzas y política.

–Te sorprendería saber lo que leo.

Ella frunció el ceño.

–Para ti es importante saber quién se deja ver en las fiestas de perfil alto, ¿verdad?

–Lo que me importa es conocer a la gente con la que voy a hacer negocios.

Elsa se puso tensa.

–Tu negocio es con mi padre, no con Felicity ni conmigo.

Donato se encogió de hombros.

–¿No es lógico que me interese por tu familia?

Teniendo en cuenta que pensaba formar parte de ella, era lo normal. Elsa sintió cómo se le encogía el estómago. Un sonido la llevó a girar la cabeza. Un camarero bajaba por las escaleras con una bandeja llena. Elsa se le acercó buscando una distracción de las sensaciones que le provocaba Donato.

–¿Algo de beber, señora? ¿Caballero?

–¿Quieres champán, Elsa? –Donato estaba justo a su espalda. ¿De verdad había creído que lograría escapar tan fácilmente?

–Agua, por favor.

–Una elección sensata –Donato agarró dos vasos de agua con gas y despidió al camarero con una inclinación de cabeza antes de pasarle uno de los vasos a Elsa.

–Gracias –murmuró ella dándole un sorbo–. En cuanto a la proposición de mi padre...

–¿Cuál de ellas?

Elsa se lo quedó mirando. ¿Es que acaso había más de una? Por supuesto que sí. El viejo tendría sin duda un saco lleno de propuestas para Donato con la intención de sacarle todo el dinero que pudiera.

–La de Felicity –Elsa dio otro sorbo a su vaso para librarse de la sequedad de garganta–. Va a estar fuera mucho tiempo.

Donato asintió y Elsa dejó escapar un suspiro de alivio.

Por supuesto que no estaba interesado en la sugerencia de su padre de que se casaran. Donato Salazar podía escoger a cualquier mujer. Pero era demasiado educado para decirle a su padre que su idea resultaba innecesaria y anticuada.

–No va a volver a Sídney.

–Eso tengo entendido –Donato hizo una pausa–. ¿Puedo preguntar por qué?

–No es ningún secreto. Está trabajando en Queensland dirigiendo un proyecto muy importante de decoración de interiores.

–¿De veras? –Donato alzó una ceja–. No sabía que tu hermana trabajara.

Elsa sintió una punzada de calor en el vientre. En esta ocasión no fue excitación sexual, sino vergüenza por su hermana.

Era cierto. A sus veintisiete años, su hermana mayor nunca había tenido un trabajo pagado. Pero aquello estaba cambiando. Fuzz estaba comprometida con aquel proyecto.

Elsa estiró la columna vertebral todo lo que pudo.

–Fuzz... Felicity forma parte del equipo de diseño encargado de un resort muy importante de Queensland

–bueno, sería muy importante cuando estuviera terminado.

–¿Es el resort en el que ha invertido tu hermano? Tu padre me contó que había dejado la empresa familiar para volar solo. Pero que sigue en el mismo campo, hoteles y ocio.

–No es exactamente lo mismo. Mi padre ha hecho su riqueza con el juego, las máquinas de póquer y los casinos.

–No solo con el juego –la respuesta llegó muy deprisa y a Elsa le sorprendió la sequedad del tono–. Tu padre tenía también otros intereses.

A Elsa le pareció que curvaba el labio superior con gesto despectivo.

–Felicity tiene otra razón para estar en Queensland –tenía que dejar claro que el plan de su padre resultaba imposible–. Está viviendo con su compañero. Trabajan juntos.

–Entonces, ¿es una relación estable?

–Completamente –al menos, más que las anteriores relaciones de su hermana–. Sé que mi padre sugirió que conocieras mejor a Felicity –no era capaz de utilizar la palabra «matrimonio»–. Pero, dadas las circunstancias, eso no es posible.

–Lo entiendo perfectamente –Donato curvó los labios en una sonrisa y se le acercó un poco más–. Tu padre ha pensado que nuestros negocios en común se verían beneficiados por un lazo familiar. Sugirió el matrimonio.

–Eso no es una opción. Felicity ya tiene pareja –insistió ella.

–Espero que sea muy feliz –Donato alzó su vaso a modo de brindis–. Solo puedo decir que es una suerte que tu padre tenga otra encantadora hija que pueda ocupar su lugar.

Capítulo 3

ELSA se quedó mirando aquellos ojos que no reflejaban ni pizca de burla.

Se le erizó el vello de la nuca. Ella ocupando el lugar de su hermana.

Durante una décima de segundo experimentó una sensación de triunfo ante la idea de ser suya. De experimentar toda aquella intensidad, no como un espécimen a estudiar, sino como amante.

Deslizó la mirada por aquellos hombros tan anchos, por el cuerpo masculino que había bajo el traje hecho a medida. ¿Qué se sentiría entre aquellos brazos?

Dio un paso atrás y derramó un poco de agua del vaso.

—No soy la sustituta de mi hermana —las palabras le salieron haciendo un esfuerzo.

—Por supuesto que no. Eres una persona única —afirmó Donato con una sonrisa.

—No seas condescendiente conmigo.

—Te pido disculpas. Pensé que preferirías que fuera sincero.

—Por supuesto que sí —Elsa agarró el vaso con ambas manos.

Donato la escudriñó con la mirada.

—Entonces, déjame decirte que nada me apetece más que la perspectiva de conocerte mejor.

No había en sus palabras nada lascivo, ni tampoco

en su expresión. Y sin embargo, aquellas palabras, «conocerte mejor», ocultaban una gran profundidad. Conocer implicaba conocimiento carnal.

Tendría que haberse sentido horrorizada, pero no fue así.

Le deseaba. En aquel momento. Con una inmediatez que superaba toda su cautela.

—No digas tonterías. No tenemos nada en común.

—Yo creo que sí, Elsa —Donato hizo una pausa, como si estuviera saboreando su nombre—. Tu padre y sus negocios, por ejemplo.

Ella se apartó y dio media docena de pasos antes de girarse para mirarle. Para su enfado, Donato salvó la distancia que los separaba.

—No estás interesado en conocerme a mí —un hombre como Donato Salazar querría una mujer de perfil alto que pudiera lucir como un trofeo. No una sosa como ella.

El alto cuerpo de Donato se cernió sobre ella como si se viera atraído por la misma fuerza que urgía a Elsa a acercarse a él.

Entendía la atracción, incluso entendía el atractivo de lo peligroso, a pesar de que siempre había escogido en la vida el camino más prosaico.

Y sin embargo nunca había experimentado un deseo así. La inundaba, le hacía imaginar cosas imposibles. Como agarrar a Donato del cuello de la camisa y acercar su rostro orgulloso y marcado al suyo. Quería saborearle, perderse en la pasión que sabía que se ocultaba bajo aquel barniz de educada calma.

A Donato le salió el aire por las fosas nasales, y de pronto respiró con agitación, como si le hubiera leído la mente. Llevó la mirada a su boca.

El aire de la noche se hizo más intenso.

–No sé nada de ti.

–Pero eso no importa, ¿verdad? –su voz cálida la envolvió–. Eso no evita que sientas lo que estás sintiendo.

Elsa abrió la boca para espetarle que no sentía nada. Pero Donato la estaba mirando fijamente, esperando que se pusiera nerviosa y negara aquella conexión entre ellos. No sería una falsa. Eso supondría admitir el miedo, y no quería.

Elsa alzó la barbilla.

–No sé a qué clase de mujeres estás acostumbrado, Donato, pero quiero que sepas que no pienso actuar de forma impulsiva con un desconocido.

–¿Por muy tentador que resulte? –Donato puso voz a los pensamientos de Elsa–. ¿Crees que yo no estoy tentado? –le preguntó con tono aterciopelado–. ¿Crees que no deseo deslizar las manos por tu lujurioso cuerpo? ¿Sentir tu calor, saborearte y hacerte saber lo mucho que me deseas?

Elsa se quedó sin aliento. Él deslizó la mirada hacia sus senos y un fuego hizo explosión dentro de ella. Estaba ardiendo, y tenía la sospecha de que nadie podría apagar aquel incendio excepto Donato.

–No importa lo que tú desees, Donato –alzó la cabeza para encontrarse con su mirada fija–. No va a pasar.

Él la miró con mayor fijeza todavía y la ansiedad se apoderó de Elsa. Se preguntó si no habría sido un movimiento poco inteligente lanzarle semejante desafío.

–Nunca digas «de este agua no beberé», Elsa.

La intensidad de su mirada la asustó. De pronto sintió que no hacía pie. Quería estar en su apartamento en pijama y viendo una película acurrucada en el sofá.

–Quiero conocerte, Elsa.

–¿Cómo? ¿Sexualmente? –Elsa dejó el vaso en la mesa más cercana para evitar derramarlo.

–Me gusta que digas exactamente lo que piensas, Elsa. Es refrescante.

Ella se puso en jarras y dio un paso adelante, aunque enseguida se dio cuenta de su error y se detuvo en seco. Pero se negó a recular a pesar de que estaba tan cerca que podía inhalar su embriagador aroma masculino.

–Ya te he dicho que no seas condescendiente conmigo, Donato.

Él sacudió la cabeza.

–Solo digo la verdad –aseguró antes de esbozar una sonrisa–. ¿Que si quiero tu cuerpo? Sin duda. Juntos seríamos magníficos. Pero quiero más. Quiero entenderte.

De todas las cosas que podía haber dicho, de todas las que había dicho hasta el momento, aquella fue la que la dejó sin defensas.

Ningún hombre había querido nunca entenderla. Ni su padre, que solo quería que fuera guapa y frívola y le levantara el ego, ni los hombres con los que había salido.

–¿Por qué? –Elsa ladeó la cabeza–. Somos desconocidos. Y no me digas que porque crees que la idea de mi padre sobre lo de casarse es un buen plan. Quiero la verdad.

Se mantuvo con la espalda recta, preparada para recibir una oleada de furia. Estaba acostumbrada a toda una vida lidiando con el temperamento volátil de su padre.

–¿Crees que te mentiría?

–Los hombres suelen hacerlo cuando quieren algo.

–No tienes muy buena opinión de los hombres –Donato parecía más curioso que ofendido–. Pero aplaudo tu cautela. Demasiada gente se pone en riesgo y luego se ve en situaciones que no puede controlar.

Su voz encerraba un tono sentido que la sorprendió. No podía imaginarse a nadie aprovechándose de Donato.

—¿A ti te ha pasado alguna vez?

Transcurrió un largo instante antes de que Donato contestara.

—Por supuesto. Pero con una vez fue suficiente. No volverá a suceder —sus palabras encerraban certeza absoluta.

Elsa deseó poseer semejante convicción. Debería apartarse de Donato Salazar y del peligro que representaba.

—¿Por qué yo? —apretó las mandíbulas—. Aquí hay muchas mujeres glamurosas.

—¿Crees que tú no eres glamurosa?

—Conozco mis limitaciones. Pero eso no importa —Elsa ignoró la tensión que sintió en el estómago.

Donato dejó el vaso de agua al lado del suyo y Elsa se preguntó si intentaría acercarse más. Pero lo que hizo fue meterse las manos en los bolsillos del pantalón. El movimiento enfatizó el poder de sus anchos hombros y de sus fuertes muslos.

—Creo que a ti sí te importa. Y mucho.

Elsa se pasó las manos sudadas por el vestido. El vestido de su hermana. Fuzz tendría un aspecto delicado y bellísimo con él puesto. Pero a Elsa parecía que le iban a reventar las costuras y le quedaba demasiado corto.

—Me equivoqué al decirte que eras guapa. Eso es para las niñas pequeñas, y tú eres toda una mujer. La única mujer que quiero tener en mi cama.

Elsa contuvo el aliento de forma audible.

–Eres espectacular. El fuego de tus ojos, esa boca seductora, las caderas, las largas piernas. Quiero...

–¡Ya es suficiente! –Elsa se llevó la mano al corazón. Le latía con tanta fuerza que parecía que se le quería salir del pecho–. No estamos hablando de mi aspecto ni de a quién quieres llevarte a la cama.

–¿Ah, no? –respondió Donato con sonrisa pícara.

Elsa se bajó el vestido de seda por los muslos.

–No. Estamos hablando de que es totalmente innecesario que te cases con algún miembro de la familia Sanderson.

–¿Innecesario? Sí.

¡Por fin! Elsa sintió como si le quitaran una enorme piedra del pecho.

–Pero resulta apetecible –la mirada de Donato recorrió las sinuosas líneas de su cuerpo.

Si otro hombre la hubiera mirado así, Elsa le habría pegado una bofetada. Y sin embargo ahora sacó pecho como si disfrutara de aquella mirada posesiva.

–¿Perdona? –lástima que las palabras sonaran más susurradas que ultrajadas.

–Ya me has oído, Elsa. No te hagas la tonta.

–¡No me hago la tonta! –¿acaso el mundo se había vuelto loco?–. No puedes decirme en serio que crees que el plan de mi padre tiene algún sentido.

–Lo cierto es que me parece una idea excelente –los ojos de Donato se clavaron en los suyos.

–Debes de estar de broma –miró aquellos ojos azules fijos y esperó a ver alguna señal de que Donato estaba bromeando.

Pero no llegó ninguna. Elsa cruzó los brazos sobre el pecho.

–Eso no va a pasar. Felicity no se casará contigo.

–Ya me lo has dicho –Donato se inclinó hacia delante y le sostuvo la mirada–. Te estás repitiendo. ¿Te pongo nerviosa?

–¿Nerviosa? No –Elsa agarró con fingida naturalidad el vaso de agua y le dio un sorbo lento.

–Entonces, ¿es otra cosa? –su voz era como un ronroneo oscuro.

En lugar de tranquilizarla, despertó en ella el instinto de supervivencia. Donato no era ningún gatito doméstico. Parecía más bien una pantera ojeando su próxima víctima.

–Me vienen varias cosas a la cabeza, Donato, pero soy demasiado educada para decirlas.

Su risa suave le recorrió las venas como miel caliente.

–Ha sido todo un placer conocerte esta noche, Elsa. No esperaba divertirme tanto.

–¿Te divierto? –ella apretó las mandíbulas y le desafió con la mirada a reírse de ella.

–No es la palabra que utilizaría –Donato cortó la risa de golpe. Tenía una expresión sombría.

–No quiero saber nada más.

Él alzó las cejas.

–¿De verdad? No te hacía una cobarde, Elsa.

Ella sacudió la cabeza.

–No te tengo miedo –estaba demasiado ocupada teniendo miedo de la extraña en la que se había convertido al estar con él.

–Bien, eso hará que las cosas sean mucho más agradables.

–¿Qué cosas?

Donato se balanceó sobre los talones.

–Nuestra relación.

–No tenemos ninguna relación. Voy a dejarte aquí

y voy a pasar el resto de la velada disfrutando de la fiesta y no volveremos a vernos.

Aquella certeza le cayó como una patada en el estómago. A pesar de los aspectos negativos de la noche, Elsa se sentía con más energía y vigor que nunca.

–¿Por qué? ¿Hay algún hombre esperándote? –Donato sacó las manos de los bolsillos y se cruzó de brazos. Aquel movimiento lo transformó de espectador indolente a adversario beligerante.

–No me espera nadie –podría haberse mordido la lengua. Donato sacaba su lado más inconsciente, el que normalmente mantenía a raya.

–Perfecto. Así no tendré que pisar a nadie.

Elsa observó su expresión petulante y el vaso húmedo se le deslizó por los dedos, estrellándose contra el suelo tras mojarle las piernas desnudas.

–¿Estás bien? –Donato dio un paso adelante, estaba tan cerca que le robaba el aire.

–Estoy bien, estoy bien –Elsa dio por hecho que era agua lo que le corría por la espinilla, no sangre de algún pequeño corte. Ya lo miraría luego.

Dio un paso atrás y se apoyó contra la pared de piedra. Tragó saliva para contener el pánico.

–Ha sido un día muy largo y estoy cansada –hizo un esfuerzo por hablar con normalidad–. Búscate a otra para tus jueguecitos.

Donato la miró fijamente durante un instante y luego asintió y se apartó a un lado.

–Me subestimas, Elsa. No estoy jugando a nada. Te llamaré por la mañana.

–¿Para qué? No hay necesidad.

No había asomo de sonrisa en las facciones de Donato cuando contestó.

–Para conocerte mejor antes de la boda, por supuesto.

–Déjalo ya, Donato. La broma ha terminado –Elsa pasó por delante de él para marcharse.

Para su horror, Donato se dio la vuelta y se colocó a su lado en dos zancadas.

–Te acompaño a casa.

–Puedo ir sola.

–Estás cansada. Te haré compañía.

Elsa se detuvo en seco, se giró y alzó una mano para ponerle el dedo índice en el pecho.

–Ahora me vas a escuchar –para su sorpresa, él dio un paso atrás antes de que le tocara.

–No lo hagas –afirmó con expresión impávida. Pero el pulso le latió con fuerza en la sien.

–¿El qué? –¿no le gustaba que le invadieran su espacio vital? Bien, pues a ella no le gustaba ser el blanco de sus bromas. Elsa se puso en jarras y se acercó todavía más.

–No es una buena idea, Elsa.

–¿Por qué no? ¿Tú puedes dar caña pero no aguantas que una mujer se enfrente a ti por tus crueles jueguecitos?

Donato apretó los labios y compuso una sonrisa que no se parecía a ninguna de las que había esbozado antes. Esta no encerraba ni pizca de humor. Tenía la expresión de un cazador satisfecho.

–Al contrario, Elsa –pronunció su nombre como saboreándolo–. No sabes las ganas que tengo de verte enfrentada a mí.

Elsa se preguntó confundida si él también se los estaría imaginando juntos, ella con las piernas enredadas alrededor de su cintura. Tragó saliva e intentó no sonrojarse.

Pero entonces vio la tensión en el cuello y los hombros de Donato, se fijó en cómo apretaba los puños.

–No intentes confundirme, Donato. No te gusta que esté tan cerca de ti.

–Valiente pero equivocada –Donato estiró los dedos y Elsa se sintió de pronto demasiado cerca de él–. No quiero que estés cerca de mí, quiero que estés contra mí, piel con piel, sin que haya nada entre nosotros. Quiero ver cómo te sonrojas, y no solo por excitación, sino por el éxtasis.

Elsa contuvo el aliento. Sentía el cuerpo en llamas.

–He reculado –murmuró él–, porque cuando nos toquemos, quiero que estemos solos para que podamos terminar lo que hemos empezado.

Elsa era un manojo de nervios. Y eso solo sirvió para que se enfadara más.

–¿Esperas que me crea que si te toco una vez no serías capaz de controlarte? –alzó las cejas. A pesar del modo en que su cuerpo respondía, no era tan ingenua.

–Sé que ninguno de los dos querrá retirarse una vez que hayamos... conectado –dejó caer aquella palabra–. ¿Quieres comprobarlo?

El cerebro de Elsa emitió una señal de alarma y ella dio un paso atrás. Respiraba con agitación y el corazón le latía a toda máquina.

–No, no quiero tocarte. Ni ahora ni nunca. No volveré a verte, Donato. Adiós.

Estiró los hombros, se dio la vuelta y caminó por la terraza en dirección a las luces y la gente. Una parte de ella esperaba que Donato la detuviera, pero la dejó ir. Al final no había sido tan difícil. Había destapado el farol de Donato y ahí terminaba la cosa.

Lo que sentía no era desilusión. Era alivio por no tener que volver a verle jamás.

Capítulo 4

DONATO vio a Elsa marcharse. Creía que nada relacionado con Reg Sanderson podría sorprenderle, y sin embargo su hija le había dejado paralizado.

Elsa. Saboreó su nombre.

Tal vez había sido un error apartarse de ella. Tal vez, si no hubiera mantenido las distancias, habría hecho añicos el espejismo de que ella era distinta.

Pero haría falta algo más que un alivio rápido contra el muro del jardín para saciar lo que tenía dentro.

Y eso, se dijo, casaba a la perfección con sus planes.

En eso era en lo que debía concentrarse. En la venganza. Siempre había sabido que sería dulce. Con Elsa como bono añadido, sería deliciosa.

Se dirigió con paso lento a la casa. Allí no había nadie con quien le apeteciera estar. Solo Elsa. A pesar de sus fanfarronadas, había leído su miedo. Una mujer sensata. Pero él calmaría aquellos miedos y se aseguraría de que disfrutaran del tiempo que estuvieran juntos

Se detuvo para decirle a un camarero lo del vaso roto en el piso de abajo, y en aquel momento apareció Sanderson. Sus pálidos ojos parecían casi febriles, desmintiendo su postura despreocupada. Donato sintió una punzada de satisfacción. Había esperado mucho aquel momento. Demasiado. Tenía intención de disfrutar de cada segundo del descenso de Sanderson hacia la ruina.

—¿Estás solo, Donato? —torció el gesto—. ¿Dónde está esa hija mía? No me digas que te ha dejado solo...

—Elsa estaba cansada.

—¿Cansada? Ya le daré yo para estar cansada —bramó—. Voy a...

—Es mejor que descanse esta noche —Donato mantuvo un tono suave aunque deseaba agarrar a Sanderson del cuello y agitarle hasta que le castañearan los dientes.

¿Porque le odiaba con toda su alma o por cómo hablaba de Elsa? ¿Acaso no se daba cuenta aquel hombre de lo valiosa que era la familia? ¿No le salía proteger a su hija de un hombre al que todos consideraban implacable y peligroso?

¿Qué clase de hombre vendía a su hija a un desconocido?

Donato ya conocía la respuesta. Reg Sanderson. El malnacido que había destruido demasiadas vidas ya.

Sería un servicio público además de un placer verle recibir lo que se merecía.

La oscuridad se apoderó de él. No, no quería verle muerto, que era lo que se merecía. Donato estuvo a punto una vez de matar a alguien y desde entonces había aprendido mucho. Así era mejor. Le bastaba con ver sufrir a Sanderson.

—Tendría que haberse quedado aquí contigo. Te pido disculpas.

Donato alzó una mano.

—No importa. La veré mañana.

—¿De verdad? —el otro hombre adquirió una expresión muy seria—. Entonces, ¿está interesado? ¿En Elsa?

¿Por qué le sorprendía tanto? Sanderson no sospechaba que su hija era una joya. Era tan ciego como deplorable.

Donato había visto fotos de la hermana de Elsa, una chica rubia con evidente encanto. Pero, si de verdad buscara novia, no escogería a Felicity Sanderson. Al parecer, no era una persona de fiar.

¿De verdad pensaba Elsa que su hermana se quedaría con su nuevo amante o estaba intentando protegerla del peligro que él, Donato, representaba?

La idea de Elsa intentando proteger a alguien de él resultaba ridícula, teniendo en cuenta la superioridad de su poder y sus recursos.

–Ha sido un placer conocer a alguien tan inteligente y refrescante –Elsa le había intrigado en cuanto la vio.

Sanderson no ocultó su satisfacción. Tenía una sonrisa hambrienta.

–Es maravilloso que hayáis conectado tan bien. Confiaba en que así fuera, pero con Elsa nunca se sabe. A veces puede ser un poco...

–¿Un poco qué?

Sanderson se encogió de hombros y le dio un sorbo a su bebida.

–Sinceramente, a veces puede ser demasiado franca. Aunque en el buen sentido, por supuesto. Refrescante, como tú dices.

Sanderson esbozó una sonrisa conspiradora que parecía indicar que eran buenos amigos, y Donato tuvo que reprimir el impulso de pegarle un puñetazo en la cara. Había hecho muchas cosas en su momento, algunas que la sociedad consideraba inaceptables. Pero nada le había puesto tan enfermo como fingir temporalmente que era amigo de Sanderson.

–Prefiero la sinceridad a los clichés educados –sobre todo si esos clichés ocultaban secretos sucios–. Conocer a tu hija me ha ayudado a sentir que te conozco mejor. Y eso es importante si vamos a trabajar juntos.

–Confiaba en que lo vieras así –Sanderson hizo una pausa y luego dijo con cautela–, entonces, ¿quieres seguir adelante con la sociedad y el préstamo?

La inmovilidad le traicionaba. Estaba tenso como una cuerda.

Donato sintió una oleada de satisfacción.

–Por supuesto. Esta es una oportunidad demasiado buena para dejarla pasar –había necesitado años de preparación para llegar a aquel punto, y ahora estaba por fin en posición de destruir a Sanderson económica y socialmente. Si no podía meterlo entre rejas por sus delitos, al menos vería cómo perdía lo que más le importaba–. Mi equipo está listo para reunirse mañana contigo a las diez y ultimar los detalles.

–¿Tú no estarás allí? –los ojos de Sanderson reflejaban preocupación. Estupendo. Había llegado la hora de que descubriera que no podía seguir huyendo de las consecuencias de sus acciones.

–Mi equipo está capacitado para encargarse de la reunión. Yo tengo pensado estar con Elsa, conocerla mejor.

–Seguro que eso le encantará.

Al principio no, Donato lo sabía, pero conseguiría que cambiara de opinión. Lo estaba deseando.

–¿Significa eso que te gusta mi idea de una boda Salazar-Sanderson?

Donato lo observó detenidamente, desde su bronceado permanente hasta su cabello dorado y el lustre que solo podía adquirir la gente con mucho dinero.

Pero eso no disimulaba las líneas que tenía alrededor de la boca, el brillo avaricioso de sus pálidos ojos azules o el ángulo pendenciero de su mandíbula.

Él sabía cómo era Sanderson. Al imaginárselo como padre, no le extrañaba que su hija mayor fuera una belleza sin nada dentro. Pero ¿qué pasaba con la segunda?

—¿Donato? —Sanderson sonaba ahora un tanto impaciente.

—¿La idea del matrimonio? —Donato se tomó su tiempo, disfrutando de la incomodidad del otro hombre—. Creo que es excelente.

Sanderson abrió los ojos de par en par un instante antes de que su rostro adquiriera una expresión calculadora.

—Elsa es una chica especial, y tiene mucha suerte.

A pesar del dinero que tenía, Donato no se hacía ilusiones. No con sus antecedentes penales. Era la clase de hombres al que los padres intentarían mantener lejos de sus hijas.

Y sin embargo, Sanderson estaba lanzando a su desprevenida hija en brazos de Donato. ¿Había algo que aquel hombre no haría por dinero?

—¿Y Elsa está de acuerdo? —sus ojos pálidos se clavaron en él.

—Elsa entiende lo que quiero. Pronto ultimaremos los detalles.

—Será un placer recibirte en nuestra familia —Sanderson hizo amago de estrecharle la mano, pero Donato fingió no darse cuenta y se giró para agarrar una copa de vino de la bandeja del camarero que pasaba por ahí en ese momento—. Por la boda que nos convertirá en familia —Sanderson alzó su copa.

Donato contuvo una náusea ante la idea de estar tan relacionado con aquel hombre. Sanderson había des-

truido a la única persona que Donato había querido en
su vida. La única que le había querido a él. Había destrozado a otras muchas sin importarle un rábano. Pero
él se aseguraría de que Sanderson pagara con creces.

—Por la boda —murmuró—. Que sea pronto, ¿no te
parece?

—Sin duda —Sanderson asintió—. Aunque Elsa podría...

—Estoy seguro de que podré convencerla para que
sea pronto —la idea de persuadir a Elsa hacía que le
hirviera la sangre. Contaba las horas para volver a
verla. Nunca le había pasado algo así.

El otro hombre asintió.

—Sabía que serías el hombre perfecto para ella. Es
una chica encantadora, pero necesita mano firme.

¿Así era como Sanderson había manejado a su familia? Los investigadores contratados por Donato se
habían centrado en la actividad empresarial de Sanderson, sobre todo en sus pequeños y sucios secretos
financieros, no en su familia. Sintió simpatía por ellos,
incluso por la superficial Felicity. Pero sobre todo por
Elsa. Elsa, la de los ojos recelosos que no creía que
fuera guapa.

—No te preocupes. Yo me encargo de Elsa.

—Bien —Sanderson agitó su vaso de whisky—. Supongo que querrás casarte en Melbourne, así que su-
giero...

—No, no podría hacer eso. Sé que la familia de la
novia es quien organiza la boda. Sé que querrás darle
a tu hija una boda de mucho boato —Donato sonrió al
ver la consternación de Sanderson. Seguramente no
había contado con hacerse cargo de la factura de tan
magna celebración.

—Eso es muy amable por tu parte, pero tú eres un

hombre discreto. Elsa entenderá que quieras celebrar una boda sencilla.

Donato negó con la cabeza.

–No se me ocurriría privarla de esto. Cuanto mayor sea la celebración, mejor. Marcará el comienzo de nuestra asociación –aquello le hizo sonreír–. Hagamos que sea el acontecimiento social del año. Sé que es complicado organizar un evento de estas característi-cas con tan poco tiempo, así que te ayudaré un poco.

–Gracias, Donato. No te voy a decir que no.

–Bien. Te prestaré ayuda con los preparativos. Co-nozco a la persona perfecta, tiene buen ojo para la ca-lidad y comprende que no queremos reparar en gastos –le puso una mano a Sanderson en el hombro cuando le iba a interrumpir–. No me des las gracias. Es lo me-nos que puedo hacer.

A Sanderson le cambió la expresión durante un ins-tante, pero enseguida volvió a enmascararla.

–Y ahora, ¿te importaría darme el móvil de Elsa? Se me olvidó pedírselo antes.

Resultaba interesante que Sanderson no tuviera el número de su hija, a la que consideraba tan «especial», guardado en el móvil. Tuvo que entrar a buscarlo, y Donato se quedó fuera sopesando los acontecimientos de la noche.

Sanderson había mordido el anzuelo. En cuanto a aquella absurda proposición de casar a su hija con Do-nato... era la apuesta de un hombre desesperado.

Pero Donato le seguiría el juego. Saber que su ene-migo se había gastado su último crédito en una boda por todo lo alto que nunca se celebraría sería la guinda del pastel. Sanderson no solo se quedaría completa-mente arruinado, sino que la farsa de aquella «no boda» le convertiría en un paria social. Se merecía mucho más, pero con eso bastaría.

Solo había una cosa que le preocupaba. Cuando Sanderson sugirió en un principio que se casara con Felicity, Donato no tuvo ningún problema. Sabía que Felicity tenía un corazón de teflón. Disfrutaría de la notoriedad y de la compensación económica que Donato le daría cuando se cancelara la boda.

Pero Elsa era distinta. Todavía no la tenía calada y eso le hacía dudar. Nunca entraba en negociaciones sin conocer a su rival. O en este caso, a su socia.

Sus labios se curvaron en una sonrisa de satisfacción. No, daba igual si esta vez le daba alas. Encontraría una manera de compensarla. Pero no tenía intención de alejarse. No solo porque aquello encajara perfectamente con su plan de venganza, sino porque deseaba a Elsa.

Y su intención era disfrutar al máximo de ella y del cortejo.

Capítulo 5

HOLA? –Elsa arrastró el teléfono a la oreja y se hundió en la cama. Era demasiado temprano para que alguien llamara un sábado por la mañana.

–No te despiertas de buen humor, ¿verdad, Elsa? –la voz profunda que le llegó por la línea telefónica le provocó un cosquilleo en la piel desnuda.

Se puso en alerta al instante y abrió los ojos de par en par para observar cómo la luz de la mañana se filtraba entre los pliegues de las cortinas del dormitorio.

–¿Quién eres? –la voz le salió remilgada, como de institutriz, pero no podía hacerlo mejor.

Se había ido a dormir con el sonido de la voz de Donato en los oídos, incluso había soñado con ella cuando por fin consiguió dormir un poco. No era justo enfrentarse a ella ahora sin haber tenido tiempo para recomponerse.

–Como si no lo supieras, dulce Elsa. ¿Te he despertado? –las palabras funcionaron como una caricia que se deslizó por su piel tirante, arrancándole las últimas trazas de sueño.

–Sí. ¡No! –puso los ojos en blanco en gesto de frustración–. ¿Quién habla?

–¿Ya te has olvidado de tu prometido? –su voz alcanzó nuevas profundidades–. Ya veo que tendré que esforzarme más.

—Donato —no tenía sentido fingir–. ¿Qué quieres? —no le daría espacio a aquella broma del prometido con una respuesta.

—Ya te dije anoche lo que quería.

A ella. Eso era lo que le había dicho. Y su cuerpo se había dejado llevar por la libido ante la mirada de sus seductores ojos.

—Pero, por ahora, dime, ¿sigues en la cama?

—¿Y qué pasa si es así? —Elsa frunció el ceño. ¿Por qué lo preguntaba? ¿Estaría en algún sitio cerca? ¿Le habría dado su padre su dirección? Seguro que no. Donato Salazar no se adentraría en aquel barrio de clase trabajadora para ir en su busca. Aunque, a juzgar por lo que había encontrado en la red sobre él cuando volvió a casa, los vecindarios pobres no le eran desconocidos. Elsa todavía no se podía creer lo que había descubierto.

—Dime qué llevas puesto.

Sus palabras le acariciaron la piel y sintió un nudo en el vientre. Contuvo un gemido.

—Dime, Elsa. ¿Pijama? —hizo una breve pausa–. ¿Camisón? —otra pausa, esta vez más larga–. ¿De seda y encaje?

Ella apretó los labios. No quería morder el anzuelo.

—¿O duermes desnuda?

Se le escapó un gemido antes de que pudiera contenerlo. Se había puesto en evidencia con aquel sonido. Se lo notó a Donato en la voz.

—Dame tu dirección y enseguida estoy ahí.

—¡No! —chilló ella.

El corazón le latía con fuerza. Quería decirle que normalmente no dormía desnuda, pero que anoche hacía mucho calor y que no se encontraba cómoda ni después de darse una ducha fría. Pero sabía que Donato sumaría dos más dos y se daría cuenta de que no era el calor veraniego lo que le había impedido dormir, sino pensar en él. Y ya tenía un ego bastante grande.

–¿Por qué me llamas, Donato?

–Porque quería oír tu voz, ¿no es suficiente?

Aquello parecía una parodia de sus propios sentimientos. Elsa quería despreciar a aquel hombre que era un colega de su padre y que había estado jugueteando con ella la noche anterior. Pero seguía con el teléfono pegado a la oreja, disfrutando del suave murmullo de su voz.

Se recolocó en la cama y se puso la almohada en la espalda para poder sentarse. Estar desnuda en la cama escuchando la voz de Donato estaba mal a muchos niveles.

–Ve al grano, Donato. ¿Por qué has llamado?

–¿Normalmente te levantas tan tarde?

Elsa miró la hora, sorprendida al ver que eran más de las nueve.

–No –normalmente se levantaba a las seis para ir a Pilates o a nadar antes del trabajo.

–¿Así que has pasado mala noche? ¿Has soñado conmigo? Su tono de satisfacción iba a más.

–¿Esta llamada tiene algún sentido? –Elsa suspiró–. ¿O cuelgo ya?

–Dame tu dirección para que pase a buscarte. Vamos a comer juntos.

Elsa torció el gesto. Se dijo que se debía a la seguridad de Donato en que ella haría lo que decía, pero lo cierto era que le molestó sentir un escalofrío de emoción.

–¿Cuál es tu dirección, Elsa?

–Me sorprende que un hombre de tus recursos no la tenga todavía. No me digas que tu dosier sobre la familia Anderson no incluye algo tan básico.

–No tengo ningún dosier sobre tu familia, solo sobre los negocios de tu padre y sus intereses... privados.

Elsa dio un respingo. No le gustó cómo sonaba aquello. Había cosas sobre su padre que no necesitaba saber.

–Me interesa saber todo sobre ti, Elsa –murmuró él con su voz aterciopelada–. Pero quiero saberlo de tu boca.

Sabía que Donato Salazar era peligroso, pero, de todos modos, no estaba preparada para el modo en que tiró por tierra sus defensas. Tardó unos segundos en poder volver a hablar.

–Me temo que te vas a llevar una decepción.

–Nada en ti es una decepción. Créeme, Elsa.

–Lo que quiero decir –ella apretó las mandíbulas–, es que te vas a llevar una decepción porque no vamos a volver a vernos.

Donato guardó silencio durante un largo instante y algo parecido a la ansiedad recorrió la espina dorsal de Elsa. ¿Sería por la idea de que aquella fuera a ser la última vez que hablaran? ¡Imposible!

–¿Me tienes miedo, Elsa?

–¿Miedo? No –extrañamente, era cierto. Le daba miedo lo que le hacía sentir, pero no él.

–¿Ni siquiera después de lo que sin duda has descubierto al buscarme en la red? –le preguntó muy serio.

A Elsa no le extrañó que hubiera imaginado que le había investigado en Internet. Cuando le conoció la noche anterior le pareció peligroso. Y al sentarse luego en su casa frente al ordenador descubrió cuánta razón tenía. Le había impactado leer sobre su delito y el tiempo que pasó en prisión. ¿Cuánta gente conocía personalmente que hubiera estado en la cárcel por agresión?

A nadie.

¿Era una ingenuidad por su parte pensar que, a pesar de sus antecedentes penales juveniles, Donato Salazar no le haría nunca daño?

–No tengo miedo de ti porque tengas antecedentes penales, Donato –en los años posteriores se había labrado una reputación por ser despiadado en los negocios, pero parecía un ciudadano modelo. Había recibido premios por su trabajo en apoyo de los centros juveniles y por asistir legalmente a las víctimas de maltrato.

–Pues eres la única.

¿Era amargura lo que le pareció escuchar a Elsa? Se incorporó un poco más en la almohada.

–¿Estás diciendo que debería tenerte miedo, que eres violento?

–No –aseguró Donato con voz firme–. Ya no soy esa persona. He aprendido a contener mis impulsos. Ahora los canalizo en cosas más productivas.

Guardó silencio durante un instante, y Elsa se preguntó en qué estaría pensando.

–Así que no me tienes miedo, pero sientes curiosidad.

–No eres el típico magnate australiano.

Donato soltó una carcajada seductora y Elsa no pudo evitar sonreír a su pesar. ¿Cómo podía sentirse tan cómoda con aquel hombre? Su pasado y su relación con su padre deberían hacerla recelar, pero se sentía increíblemente atraída hacia él. No era solo deseo: estaba fascinada por el modo en que funcionaba su mente. Disfrutaba de sus enfrentamientos verbales.

–Has conocido a muchos magnates, ¿verdad?

–A unos cuantos.

–Y no estás impresionada.

–Normalmente no.

–Y sin embargo quieres conocerme mejor. Esta es tu oportunidad para satisfacer tu curiosidad, Elsa. Comiendo. Tenemos una mesa reservada en el restaurante de la Ópera. Me han asegurado que la comida es excelente.

Su tono de voz era pura seducción. Elsa apretó los muslos y fingió no sentir el campo magnético que se había creado entre ellos.

–No, gracias.

Hubo una breve pausa.

–¿Te han dicho alguna vez que eres obstinada?

–Sí.

–Sabes que quieres hacerlo. Te lo estás negando a ti misma igual que a mí.

–No presumas de saber lo que pienso, Donato.

Él suspiró.

–No me hagas obligarte, Elsa.

Ella se colocó la sábana con más firmeza bajo los brazos y se sentó más recta.

–No puedes obligarme.

–¿Y si te digo que la viabilidad financiera de tu padre depende completamente de mi apoyo? Y ese apoyo depende a su vez de la boda que está organizando para nosotros.

–Estás mintiendo. Tú no quieres casarte conmigo. Hablamos de ello anoche.

¿A qué clase de juego extraño estaba jugando?

–Tú hablaste de ello, Elsa, pero no escuchaste mi respuesta –Donato hizo una pausa y el silencio los envolvió–. Pregúntale a tu padre si no me crees. Él te lo confirmará. Si no hay boda, no hay acuerdo. Y si no hay acuerdo...

Capítulo 6

ONATO la estaba esperando de pie en el umbral de una joya de casa art decó de dos plantas que despertó la envidia de Elsa. En la entrada había un descapotable rojo oscuro. No era un coche supermoderno, sino un modelo *vintage* que hacía pensar en picnics con champán y escapadas románticas al campo.

Elsa sintió una punzada de molestia. Era más sencillo odiar a aquel hombre cuando no sabía que tenían los mismos gustos.

Pero aquella no era su casa. Donato vivía en Melbourne. Tal vez estuviera allí invitado. Seguramente vivía en una caja sin alma y tenía un chófer que le llevaba en limusina.

Aquella idea la tranquilizó. No le gustaba tener nada en común con él. Aparte de aquella desconcertante atracción. Y la sospecha de la noche anterior, cuando pensó que no era un gran fan de su padre. Aunque sin duda había sido su imaginación.

Elsa detuvo su pequeño coche y se dijo a sí misma que era la casa lo que le aceleraba el pulso y no el hombre.

Tenía enormes ventanales y terminaba en curva como la proa de un barco. El atisbo de mar azul que se veía detrás aumentaba su belleza, igual que el maravilloso jardín que se ocultaba tras las puertas de seguridad. Unas puertas que se abrieron en cuanto el coche salió de la calle.

¿Había estado Donato vigilándola, él o su personal de seguridad? No había visto a nadie en el largo camino que llevaba de la calle a la casa, situada en lo alto del acantilado.

Y ahora, allí estaba él, bajo el enorme pórtico circular con expresión indescifrable. Parecía muy serio. Elsa se dijo que se debía a que llevaba pantalones negros y camisa negra con las mangas subidas en gesto informal. Aunque no había nada de informal en el modo en que la miraba. Elsa sintió el brillo de sus ojos oscuros tras el parabrisas. Se le puso la carne de gallina.

Nunca se había sentido tan desnuda como con él. Era como si viera a través de las defensas que se había pasado la vida levantando. Donato apelaba a una parte suya que nunca había dejado libre.

Durante un instante, el miedo la mantuvo sentada en su sitio. Cuando por fin abrió la puerta y salió se vio envuelta en el calor veraniego.

Sus miradas se encontraron por encima del coche. Elsa sintió cómo se le aceleraba el pulso, y no de miedo, sino de emoción.

¿Cómo era posible que deseara a un hombre que acababa de afirma con absoluta calma que tenía que casarse con él si no quería ver a su padre en la ruina?

Elsa estiró los hombros, cerró la puerta del coche y cruzó por la terraza.

Donato no avanzó hacia ella, se quedó allí de pie con expresión enigmática. Tenía las manos metidas en los bolsillos y una actitud despreocupada.

Y peor todavía, estaba tan impresionante como la noche anterior. La tenue luz de la fiesta no había exagerado la amplitud de sus hombros ni la fuerza de su cuerpo. Elsa deslizó la mirada por los musculosos brazos, cubiertos de un vello oscuro, y por los fuertes muslos. Durante un instante, se preguntó qué se sentiría al estar abrazada contra aquel cuerpo masculino.

Donato sonrió al verla acercarse y la pálida cicatriz de la cara desapareció. Elsa parpadeó y se tambaleó un poco sobre una baldosa suelta. Se dijo entonces que estaba demasiado enfadada para sentir atracción.

Sin embargo, lamentó no haber tenido tiempo para ponerse unos tacones y no tener que alzar la barbilla para mirarle.

—Hoy estás particularmente vibrante, Elsa.

—¿Vibrante? —ella sacudió la cabeza—. La palabra es «furiosa».

—Va contigo —no dejó de sonreír, pero en su expresión había también algo receloso. Sus ojos ocultaban secretos.

No era de extrañar, teniendo en cuenta los juegos que llevaba a cabo. ¿Qué perseguía? Elsa no se creía que un hombre como Donato Salazar quisiera realmente casarse con una de las hijas de Reg Sanderson. Y menos con ella, que era sosa, sensata y con cero glamur.

Se puso tensa. No se trataba de ella, sino de salvar a Fuzz y a Rob.

—Tenemos que hablar.

—Por supuesto. Entra —Donato se apartó y le hizo un gesto para que pasara.

Elsa pasó por delante de él y entró en un vestíbulo circular. Detuvo el paso al ver las perfectas líneas de la escalera que llevaba a la planta superior. Era de un delicado hierro con figuras de madera de ninfas y faunos. Art decó puro.

Elsa dio un paso atrás, maravillada a pesar del enfado.

Entonces escuchó el sonido de las puertas cerrándose a sus espaldas. Se le erizó el vello de la nuca.

Qué ridiculez. Estaba allí porque necesitaba resolver aquella cuestión con Donato cara a cara.

—Por aquí —Donato estaba de pronto a su lado y la guiaba hacia el salón con vistas a la piscina y al Océano Pacífico que quedaba detrás.

Elsa no se movió.

—Esto no llevará mucho —plantó los pies en el suelo.

Donato se dio la vuelta y alzó las cejas en silencio.

—Pareces muy combativa.

—Y a ti parece que no te sorprende.

Él se encogió de hombros y se acercó otra vez a Elsa, que seguía en el centro del vestíbulo circular.

—Sé que eres una mujer volátil.

Elsa resopló. ¿Volátil? Era el único miembro estable de la familia. La única que nunca tenía berrinches. La que hacía lo que había que hacer en silencio. Antes de irse de su casa fue ella, y no su padre ni su hermana mayor, quien se aseguró de que el jardinero y el ama de llaves recibieran instrucciones y su sueldo.

—No soy volátil. Estoy enfadada, y con justificación. Es muy diferente —aspiró con fuerza el aire—. ¿O crees que mi reacción se debe a que soy mujer? —aquella había sido siempre una de las coletillas favoritas de su padre.

Donato alzó las manos en gesto de rendición. Pero el brillo de sus oscuros ojos azules le hizo saber que se estaba divirtiendo demasiado como para dejarlo.

—Soy muchas cosas, Elsa, pero no soy sexista.

Estaba mucho más cerca de lo que a ella le habría gustado. El estómago se le puso del revés. Tragó saliva cuando el aroma a café y a cálida piel masculina la envolvió. Era como si su cuerpo estuviera teniendo una conversación diferente a la que salía por su boca. Una conversación relacionada con el calor y el deseo.

No sabía cómo combatirlos. La opción más obvia habría sido poner distancia entre ellos, pero no quería que Donato percibiera ni el más mínimo miedo en ella. Había aprendido desde muy joven que mostrar debilidad solo empeoraba las cosas.

—Quiero saber qué está pasando.

—Bueno, ya que has decidido venir aquí en lugar de ir a Bennelong Poing, he pedido que nos preparen la comida en la terraza.

Elsa no había conocido a nadie tan seguro de sí mismo, tan irritante. Era peor todavía que su padre.

Se cruzó de brazos y lo miró fijamente.

—No he venido aquí a comer.

—Tienes que cuidarte. No has parado a desayunar, ¿a que no? —Donato dio un paso más hacia delante y fue como si la estancia se cerniera de pronto sobre ellos.

Elsa aspiró con fuerza el aire, necesitaba oxígeno.

—Todavía estabas en la cama cuando llamé —el brillo de sus ojos le recordó su seducción cuando estaba desnuda en la cama y sintió una oleada de calor en el vientre.

Se puso recta e ignoró el sonrojo de las mejillas.

—Quiero la verdad. No necesitas casarte con ninguna de las hijas de Reg Sanderson. La idea del matrimonio para crear un lazo fuerte en los negocios no cuela. Es mi padre quien te necesita a ti, no al revés. ¿Por qué le sigues el juego?

Los ojos de Donato se abrieron un poco más durante una décima de segundo, y sus azules profundidades revelaron un brillo de sorpresa. Luego volvió a bajar los párpados y su mirada se hizo inescrutable.

A Elsa se le aceleró la respiración. Allí había algo. Algo que ella había dicho y que Donato no esperaba que supiera. Pero ¿de qué se trataba?

—Las cosas no son siempre tan claras como parecen —Donato hizo una pausa—. La propuesta de tu padre tiene muchas ventajas.

Elsa se puso en jarras.

—¿Qué ventajas? Dime una.

En respuesta, Donato bajó la mirada y se fijó en su camiseta suelta, los pantalones finos y las sandalias planas.

Se había vestido para estar cómoda, no sofisticada. La camiseta suelta color agua y plata era su favorita. Ahora, bajo la mirada de Donato, Elsa tuvo la sensación de ser de pronto transparente. Parecía que sus ojos se le deslizaran por la piel, siguiendo cada curva que la tela debía tapar.

Su cuerpo cobró vida como había sucedido la noche anterior. Se había dicho a sí misma que era una ilusión creada por el cansancio y el estrés. Pero ahora no se sentía cansada. Lo que sentía eran unas oleadas de energía que le atravesaban todas las terminaciones nerviosas.

Apretó las mandíbulas.

—No tienes que casarte conmigo para conseguir sexo.

—Vaya, Elsa —los ojos de Donato brillaron y se le curvó la boca en una sonrisa—. Eso sí que es una buena oferta. Me siento halagado y encantado.

Ella estuvo a punto de sonreír también en un instante de locura, pero se contuvo.

—No te estoy ofreciendo nada —le espetó—. Solo constato lo obvio. Si quisieras acostarte conmigo, el matrimonio no es necesario.

–Es una idea tentadora –murmuró él–. Me alegro de que lo sugieras.

–Ya basta, Donato. Sabes que no estoy sugiriendo nada –pero a ella tampoco se le iba de la cabeza la idea de ellos dos juntos.

–Estás pensando en ello, ¿verdad? –la voz de Donato bajó una cuarta más–. Yo también, Elsa. La idea me resulta embriagadora.

Alzó una mano para acariciarle la mejilla y ella sintió una corriente de sensaciones. Dio un paso atrás con la respiración agitada, pero en lugar de soltarla, Donato continuó con la caricia.

Elsa se sentía abrumada.

Excitada.

Donato había saboteado todas sus zonas erógenas, sintonizándolas con su contacto. Los labios le temblaron cuando él deslizó la mirada hacia la boca. Se le pegaron los pezones contra el sujetador sencillo que se había puesto, como burlándose de su decisión de no arreglarse para él.

Elsa tragó saliva y se hundió en el calor somnoliento de aquellos ojos.

–Déjame ir, Donato –tenía la voz temblorosa. No por el miedo, sino porque su cuerpo había cobrado vida al instante ante su contacto.

Era consciente con cada átomo de su ser de su silueta a escasos centímetros de la suya. Era como si proyectara un escudo de fuerza que le provocaba una oleada de calor en el centro.

–No –él sacudió la cabeza–. He esperado demasiado –le deslizó la palma por la mejilla para acariciarle la mandíbula y luego el pelo.

Elsa arqueó el cuello y contuvo un suspiro ante la deliciosa sensación de sus dedos en el cuero cabelludo.

–Tonterías –la voz le salió demasiado dulce. Se aclaró la garganta y trató de reunir la energía suficiente para apartarse. Le temblaban las rodillas–. No hace ni un día que nos conocemos.

Donato le acercó la cabeza todavía más y Elsa contuvo el aliento. La mantenía prisionera con aquella mirada suya tan azul.

–De todas formas, he esperado demasiado. Te deseo desde el momento en que te vi –sus palabras eran pura seducción.

Elsa se dijo que aquello no era más que una frase hecha, pero no fue capaz de reunir el valor para moverse. Estaba a punto de perderse. Tragó saliva y se le secó la boca al mirarle a los ojos.

–No me tomes por tonta –a pesar de su indignación, saboreó con la boca su nombre. Miró aquel rostro austero y marcado y deseó, por primera vez en su vida, ser la guapa de la familia. Que las cabezas se giraran al pasar ella–. Viniste a la fiesta esperando ver a mi hermana, no a mí.

–Y cuánto me alegré de que no pudiera venir –sus palabras eran un caricia.

–¡No! –Elsa reculó y finalmente se apartó de él–. No finjas que estás obnubilado por mi aspecto y mi vibrante personalidad. No funcionará.

–¿No me crees, dulce Elsa?

Maldito fuera. Incluso aquel apelativo cariñoso tan sencillo le aceleró el corazón. ¿De verdad estaba tan necesitada? ¿Tan dispuesta a quedar seducida por un poco de atención?

Pero, a pesar de su indignación, se dio cuenta de que se estaba engañando a sí misma. A pesar de sus protestas, la conexión entre ellos era real y al mismo tiempo inexplicable. La había atravesado en cuanto se encontró con los ojos de Donato en la fiesta.

—No juegues conmigo, Donato —Elsa apretó los labios.

—No confías en mí, ¿verdad?

Ella alzó la barbilla.

—Ni un ápice.

—Tal vez esto te convenza —la agarró de la mano, y antes de que Elsa pudiera liberarse, se la puso en el pecho.

Ella se quedó paralizada al instante. El corazón de Donato latía con fuerza bajo su palma. No era el pulso de un hombre que tuviera el control. Era el pulso de un hombre al borde del abismo. Elsa abrió los ojos de par en par. La mirada de Donato se clavó en ella y le pareció sincera.

—Te deseo, Elsa —aseguró mirándola fijamente—. Y tú me deseas a mí.

Antes de que ella pudiera pensar en una respuesta, la mano de Donato se le deslizó por el seno con la palma hacia abajo.

—¿Lo ves? Vamos a la par.

Era cierto. A ella le latía el corazón tan deprisa como a Donato. Y en lo único que podía pensar era en qué sentiría si aquella mano bajaba un poco más y le cubría el seno.

Sintió un escalofrío de deseo y comenzó a jadear.

Como si le hubiera leído el pensamiento, Donato deslizó la mano para cubrirle el seno. Elsa se mordió el labio para contener un gemido de placer. Pero no pudo evitar pegarse más a él con los ojos cerrados mientras Donato le moldeaba la suave piel con la mano. Sintió algo parecido al alivio.

Él se movió y Elsa abrió los ojos de golpe. La agarró del brazo y avanzó contra ella hasta que Elsa dio con la espalda contra algo sólido.

Estaban cadera contra muslo, torso con torso, y se estremeció ante lo bien que se sentía. Incluso el aroma de Donato en las fosas nasales le resultaba delicioso. La potencia de su cuerpo grande era una promesa, y también, se dio cuenta, una amenaza.

–¡No! –Elsa le puso las manos en los hombros y le apartó.

Donato no se movió.

–No me importa a qué acuerdo hayas llegado con mi padre. No me puedes forzar. ¡Déjame ir!

Él apretó las mandíbulas y Elsa vio cómo le latía el pulso en las sienes. Aspiró con fuerza el aire y, para su sorpresa, dio un paso atrás. Se mantuvo unos centímetros más lejos.

–Esto no tiene que ver con ningún acuerdo, Elsa. Esto es sobre nosotros.

–No hay ningún «nosotros».

–Por supuesto que sí. Tú también notas la conexión que hay. El deseo.

Sí lo sentía. Y la asustaba más que cualquier otra cosa que podía recordar.

–¿Crees que tener sexo contigo me convencerá para que nos casemos? –el pecho le subía y le bajaba–. ¿Tan bueno crees que eres en la cama? ¿O tienes pensado chantajearme para obligarme porque sabes que mi hermana no está disponible?

–No seas cobarde, Elsa.

Ella se puso tensa. Hacía mucho tiempo que había dejado de ser una cobarde. Tras la vida que tuvo que soportar con su padre, la continua batalla por conseguir su respeto, ya que le había negado su amor, se había ganado el derecho a llevar la cabeza muy alta.

–No soy una cobarde –afirmó con los dientes apretados.

–Estás buscando excusas –Donato alzó las manos–. Olvídate de tu padre. Olvídate de la boda y del acuerdo de negocios. Olvídate de tu hermana. Nunca me interesó.

Elsa le escudriñó el rostro, y le pareció sincero.

–Esto es sobre tú y yo. Te estoy diciendo que te deseo. La pregunta es, ¿eres suficientemente mujer para admitir que tú también me deseas?

–¿Contigo sosteniendo sobre nuestras cabezas la hipotética bancarrota de mi padre?

Donato sacudió la cabeza.

–Aquí hay dos asuntos distintos –hablaba despacio y sin apartar la mirada de la suya–. Está mi acuerdo de negocios con tu padre y sí, la propuesta de matrimonio está unida a eso. Pero ese no es el tema ahora. Nadie te está obligando a hacer nada. Créeme, yo nunca obligaría a ninguna mujer a acostarse conmigo.

Elsa se lo quedó mirando y se fijó en que aquellas facciones morenas mantenían unas líneas de rígido control. No había prepotencia en sus ojos ni orgullo en sus hombros.

Le creía. Y aquella certeza la impresionó.

–Ahora estamos hablando de sexo –su voz se volvió profunda y líquida al decir aquella palabra–. Tú y yo. Sin complicaciones, satisfactorio y apasionado.

–¿Apasionado? –Elsa no supo por qué se le escapó aquella palabra. No era lo que quería decir–. Das muchas cosas por hecho.

Donato sacudió la cabeza.

–No doy por hecho nada, Elsa. Lo sé. ¿Tú no lo sientes? –volvió a acercarse a ella, pero esta vez solo le tomó la mano con ligereza.

Salieron chispas del punto de contacto y Elsa tuvo que contener un escalofrío de placer.

¿Cómo había llegado a aquello? Había cruzado todo Sídney para enfrentarse a Donato, completamente indignada...

Pero había algo más. Por mucho que quisiera fingir, no solo era indignación. Se había sentido casi aliviada al tener una excusa para volver a verlo, a pesar de asegurar que no volverían a verse. Estaba enfadada, eso seguro. Pero también estaba... fascinada.

Tragó saliva. Se le había secado la garganta al enfrentarse a la verdad. Deseaba a Donato Salazar como no había deseado nunca a ningún hombre.

Donato le deslizó un dedo por la palma y ella contuvo el aliento.

—Dime que tú también lo sientes —ronroneó él.

Elsa contuvo un gemido de desesperación. Se sentía fuera de lugar. Nunca se le había dado bien el coqueteo. De pronto, ya no le interesaba el orgullo ni mantener una imagen. Aquello era una cuestión de supervivencia... y sentía que se estaba hundiendo una vez más.

—¿Qué quieres de mí, Donato? Yo no juego a estas cosas.

—Yo tampoco —tenía una expresión seria, sin asomo de burla. Tragó saliva, y algo dentro de Elsa se suavizó ante aquel signo visible de que no tenía completamente el control.

De pronto dio un paso atrás y le soltó la mano.

—Lo que ocurra a continuación depende de ti —su mirada era al mismo tiempo un desafío y una invitación.

Capítulo 7

DONATO miró aquellos impresionantes ojos grises que le observaban con recelo. Sentía la duda salir de Elsa como sentía el calor de su excitación.

Él tenía el cuerpo tirante, bullendo de deseo. Le estaba costando mucho trabajo no dar un paso adelante y convencerla para que se rindiera como sabía que haría. La atracción que los envolvía era muy poderosa.

Pero hubo algo en el modo en que mencionó a su hermana y en el comentario de sentirse forzada que le retuvo. Había visto un destello de fragilidad en la expresión de Elsa.

No le tenía todavía la medida tomada, pero una cosa sí tenía clara: necesitaba que fuera ella quien acudiera a él.

El momento de silencio se alargó. A pesar de la impaciencia, Donato hizo un esfuerzo por mantenerse donde estaba.

Entonces, con un sonido que parecía una palabrota contenida, Elsa se lanzó hacia él. Se le apretó suave y llena de curvas, cálida y femenina. Donato la abrazó al instante con fuerza. Ella le pasó los brazos por los hombros y lo atrajo hacia sí.

Donato se tomó un instante para percibir aquel aroma a jardín tras la lluvia cuando sus bocas colisionaron.

Era maravilloso. Mejor todavía de lo que esperaba. Y sabía...

Donato se hundió en su boca y le echó la cabeza hacia atrás, saboreando su suspiro de respuesta. Se dejó envolver por el calor mientras sentía sus dulces labios, su lengua exigente, el modo en que se fundía en él mientras le retaba a que le diera más. Donato ladeó la cabeza y la atrajo todavía más hacia sí, perdiéndose en aquellos besos que le daban mucho más de lo que había esperado.

No podía saciarse. Su cuerpo lleno de curvas le causó una erección instantánea. Le agarró un muslo y se lo subió. Quería tomarla allí mismo. Inclinó las rodillas y ladeó las caderas para poder frotarse contra su parte más íntima.

Para su alegría, Elsa se le agarró con más fuerza, sin apartarlo, como si quisiera todavía más.

Donato se preguntó vagamente qué había sido de la seducción lenta. De los años de experiencia complaciendo a las mujeres. De la precaución, de tomarse las cosas con calma.

Con Elsa no había calma posible. Solo había un deseo incontenible.

Entonces ella apretó la pelvis contra su cuerpo.

Diablos. Donato estaba temblando. Si no tenía cuidado podrían caerse sobre el suelo de mármol. Hizo un esfuerzo desesperado por abrir los ojos. No recordaba haberlos cerrado.

Con los labios pegados a los suyos, Donato miró hacia el vestíbulo y descartó al instante el piso de arriba y los dormitorios. Nunca llegarían. A aquellas alturas ni siquiera tenía claro que llegaran a quitarse la ropa.

El aparador. Estaba colocado entre dos puertas y era una pieza de coleccionista exquisita.

Perfecto.

Apretó a Elsa contra sí, la levantó y avanzó tambaleándose por el vestíbulo. Ella abrió los ojos al sentir el sólido mueble en la espalda, y su mirada le hizo saber que entendía lo que estaba pasando. Donato la levantó de modo que la sentó en el aparador y luego le abrió las rodillas.

Se hizo una brevísima pausa durante un instante, una última oportunidad de separarse. Entonces Elsa cerró los ojos cuando él le acarició suavemente un seno. Era firme y alto, y podía cubrirlo con la mano. Delicioso. Igual que el tembloroso suspiro de aprobación y el modo en que se arqueó ante su contacto, deseosa de recibir más.

Donato sonrió. Le encantaba cómo respondía. Quería seducirla y darle placer, pero no estaba seguro de poder ser tan cauto como de costumbre.

Entonces Elsa cerró la mano sobre él y se le nubló la visión. Sintió cómo le tiraba la entrepierna. Toda la sangre de su cuerpo se dirigió hacia abajo. El deseo le hizo tambalearse y se preguntó vagamente si tendría tiempo de quitarse los pantalones.

Las manos de ambos empezaron a retirar prendas de ropa.

Los dedos de Elsa en su erección estuvieron a punto de acabar con él. Donato le tomó la mano y se la puso en su pecho, sobre su palpitante corazón. Luego le bajó la cremallera de los pantalones con ayuda de la propia Elsa. Unos instantes después estaba liberado también de los suyos.

¿Había sentido alguna vez algo tan delicioso?

Donato alzó la cabeza para tomar aire, sentía los pulmones sobrecargados. Elsa abrió los ojos y entonces se perdió en las olas plateadas de su mirada.

A continuación la tocó con un dedo, haciendo círculos, probando, y ella echó la cabeza hacia atrás como si le pesara demasiado. Elsa estaba suave, cálida, húmeda, y de un dedo pasó a dos y...

–Preservativo –la palabra fue como un susurro y estuvo a punto de no oírla.

Entonces, Elsa se incorporó y clavó la mirada en la suya.

–No tengo –un sonrojo le apareció en el cuello–, no pensé que...

A Donato le fascinó la sospecha de que Elsa estuviera avergonzada. Era la misma mujer que se había lanzado hacia él sin reservas. En cuestión de segundos sacó el preservativo del bolsillo de los pantalones y abrió el envoltorio.

Había algo tremendamente excitante en sostener la mirada de Elsa mientras se lo colocaba. Luego le puso las manos en las desnudas caderas, la atrajo hacia sí y entró en ella con un único y certero movimiento.

Un sonido, mitad suspiro mitad sollozo, escapó de los rojos labios de Elsa y Donato se quedó muy quieto, aunque el abrazo de su envolvente calor estuvo a punto de acabar con él.

¿Le había hecho daño? Trató de abrir la boca para preguntárselo, pero si movía un músculo tal vez no fuera capaz de contener lo inevitable.

Entonces Elsa se movió y levantó las piernas por encima de sus caderas, rodeándole con ellas la cintura, provocando que se hundiera todavía más en su acogedor calor. Se agarró a sus hombros y de pronto no hubo nada que le detuviera. En los ojos de Elsa había invitación, no dolor. Y al sentirla moverse contra él...

Donato sucumbió y la tomó fuerte y rápido, disfrutando de su bonito cuerpo, que lo aceptaba con tanto afán. Cada movimiento de la pelvis de Elsa, cada suspiro era una incitación al placer. No podía saciarse. No podía ir despacio. Solo había compulsión por hacerla suya del modo más primitivo y satisfactorio posible.

El mundo ya empezaba a nublarse cuando Donato sintió las oleadas de su deseo acelerarse. La sensación era excesiva, y colocó un brazo en la pared detrás de ella, montándola con fiereza y con una desesperación más propia de un animal que de un hombre civilizado.

–¡Elsa! –soltó su nombre como un gemido ronco, sorprendiéndole cuando salió de su boca.

Sintió un destello de calor, una explosión de energía, y se derramó, colapsando en ella mientras el mundo estallaba. Con la cabeza apoyada en su cuello, Donato experimentó puro éxtasis mientras Elsa se le agarraba.

Había esperado pasión y placer, pero nada parecido a aquello. ¿Cuándo había pronunciado el nombre de su amante de aquel modo?

Donato la abrazó y disfrutó de su suave feminidad relajada entre sus brazos.

El mundo se había reducido al pulso que latía en ella, en él, inundando el aire que los rodeaba y la oscuridad que había detrás de sus ojos cerrados. Elsa no estaba segura de seguir con vida después de un orgasmo tan intenso.

¿Había sido alguna vez así?

Por supuesto que no. En caso contrario, no habría dejado que su vida amorosa se hundiera sin dejar rastro.

Donato se movió, apartándose suavemente y murmurando algo que ella no logró escuchar por encima de su pulso acelerado y de la áspera respiración. Elsa abrió enseguida los ojos, pero volvió a acomodarse contra la pared, que en aquel momento le resultaba tan cómoda como una cama de plumas.

Se le habían derretido los huesos. No estaba segura de poder mover las piernas. Pero no importaba. No quería volver a moverse nunca. Se sentía plena de felicidad.

Finalmente se dio cuenta de que tenía la cabeza apoyada contra la pared de un modo extraño y que estaba encima de algo duro. Se incorporó a regañadientes y parpadeó al ver que estaba sentada sobre un aparador de caoba bellamente tallado. Se le cerró la garganta. Al parecer acababa de tener un momento de sexo arrebatador sobre una pieza de museo que costaba más de lo que ella ganaba en un año.

Volvió a cerrar los ojos.

«Olvídate del mobiliario, Elsa. ¿Qué pasa con el hecho de que acabas de tener sexo salvaje con un desconocido, un hombre al que conoces hace menos de un día?».

Sonaron unos pasos y Elsa abrió los ojos de golpe. Sintió una oleada de alivio.

—Eres tú.

—¿Esperabas a otra persona? —Donato estaba tan atractivo como siempre, incluso más, con el oscuro cabello revuelto.

Se había vestido del todo. Elsa se bajó la camiseta. Pero era demasiado tarde para el recato. No pudo evitar sonrojarse al ver que tenía las piernas desnudas y todavía estaba calzada. Las medias estaban en el suelo unos pasos más allá.

Tragó saliva y se recordó a sí misma que la vergüenza no podría matarla.

–Me preguntaba si tendrías servicio.

–Hoy no. Les he dado el día libre –Donato se acercó más y ella alzó la cabeza.

El brillo de sus ojos era una pura invitación carnal, igual que la sonrisa que se le asomaba a los labios. Le latió el corazón con fuerza.

¿Cómo era posible que sintiera tanto deseo otra vez? Solo habían pasado unos minutos desde que... Elsa cerró la puerta de golpe a aquellos pensamientos.

Donato estaba ahora a su lado y había colocado las palmas sobre sus muslos desnudos.

–¿Les has dado el día libre? ¿Por qué? ¿Tenías claro que tú y yo...?

Él mantuvo una expresión neutra que no daba a entender nada.

–Tenía claro que, pasara lo que pasara, quería tener completa intimidad. Sin ninguna distracción.

Elsa apretó las mandíbulas.

–¿Por si acaso te atacaba antes de cruzar siquiera el vestíbulo? –se sentía incómoda. Quería esconderse y desaparecer.

–He descubierto que me encanta que me ataquen en el vestíbulo –Donato le levantó la barbilla para obligarla a mirarlo–. Y ha sido un ataque mutuo, Elsa.

¿Decía aquello para que se sintiera mejor? Pues no lo había conseguido.

Supo desde el principio que Donato era un problema con mayúsculas. Pero no había contado con que su propio cuerpo la traicionara. No le había sucedido en sus veintiséis años de vida. En su limitada experiencia, el sexo era algo cuidadosamente planeado, horizontal y... agradable. No una llamarada de libido descontrolada.

A Donato le brillaron los ojos y Elsa supo que estaba pensando en lo mismo. Sexo. Se olía en el aire. El cuerpo de Elsa estaba listo otra vez para él.

Se movió en el aparador y retiró la barbilla de su mano.

—Tengo que vestirme.

Donato le deslizó la mano lentamente por el muslo por toda respuesta, provocándole oleadas de placer.

—No es necesario. Vamos a un sitio más cómodo.

Elsa le dio una palmada en la mano para evitar que subiera por debajo de la camiseta.

—No —jadeó—. Quiero vestirme.

Él siguió acariciándole los muslos. La tensión de su vientre aumentó un poco más.

—Esto no ha terminado, Elsa —Donato inclinó la cabeza hacia sus labios—. Y tú lo sabes.

¿Aquello era una promesa o una amenaza? Sirvió para darle fuerzas y que pudiera apartarlo con la mano. Elsa se colocó al borde del aparador y puso los pies en el suelo. Le temblaron las rodillas durante un peligroso instante, pero hizo un esfuerzo por mantenerse de pie. Como si tuviera la costumbre habitual de pasearse desnuda delante de los hombres.

—No te escondas de la verdad, Elsa. Aunque ha sido increíble, apenas ha rozado la superficie.

Mirarle a la cara le resultó más difícil todavía que enfrentarse a su padre en sus peores momentos.

—Preferiría tener esta conversación con la ropa puesta. Ahora tienes ventaja sobre mí.

La lenta curva de sus labios provocó efectos devastadores en ella, y el brillo travieso de sus ojos resultó todavía peor. Elsa se tuvo que apoyar otra vez en el aparador.

—¿Quieres que me desnude? —se llevó la mano al botón superior de la camisa.

Elsa tragó saliva. Por supuesto que quería. Donato tenía razón. No había tenido todavía suficiente.

–Quiero mi ropa –le salió la voz un poco estridente, pero no fue capaz de hacerlo mejor. Forzó la mirada hacia el montón de tela que había en el suelo y avanzó.

–Como quieras –antes de que pudiera alcanzar la ropa, Donato se agachó para recoger sus pantalones y las braguitas de algodón beis, sencillas y sosas como ella misma.

Elsa le miró a los ojos y se negó a sonrojarse. Extendió la mano.

–Siguen conservando el calor de tu cuerpo –parecía complacido.

Elsa las agarró y, siguiendo la dirección que le indicaba, cruzó el vestíbulo de mármol para esconderse en el baño.

Donato la vio dirigirse al cuarto de baño y disfrutó de cada paso. Sintió una erección al mirar aquellas largas y bonitas piernas y el asomo de su pálido trasero mientras la larga camiseta se le movía de un lado a otro. Tenía la cabeza alta y los hombros hacia atrás como si fuera la dueña del mundo. Un gran contraste con la mujer sonrojada a la que unos minutos atrás le costaba trabajo sostenerle la mirada.

Elsa Sanderson era un enigma. Era la mujer más ardiente con la que había estado jamás. El mero hecho de hablar con ella ya le excitaba, y era muy apasionada. Pero había en ella una reserva, y no cabía duda de que lo sucedido entre ellos la había impactado.

Donato se pasó la mano por el pelo. A él también le había impactado. No porque hubieran tenido sexo, aquello había sido inevitable, pero había sido algo arrebatador. Y le había dejado con más ganas, deseoso de volver a hacerla suya otra vez.

No pudo evitar sonreír. ¿Se habría puesto aquella ropa interior tan fea para mantenerlo a raya? Sintió curiosidad por ver cómo sería el sujetador. Elsa tenía un cuerpo voluptuoso, por mucho que tratara de esconderlo con aquella camiseta grande. Era delgada y esbelta, pero con curvas suficientes para volver loco a un hombre. Donato estaba deseando tenerla desnuda en su cama.

Se escuchó un clic y se abrió la puerta. Elsa salió completamente vestida y controlada. La mujer lasciva escondida tras su camiseta grande. Incluso se había recogido el pelo en una coleta tirante. Tenía la barbilla elevada, dispuesta para la confrontación, y Donato dio un paso adelante. Le latía con fuerza el pulso. Esta vez Elsa le sostuvo la mirada y él sintió al instante cómo el aire se cargaba de electricidad.

Tardó unos instantes en darse cuenta de que tenía otra vez los ojos de intrigante azul grisáceo. Durante unos momentos, cuando se estremecía entre sus brazos, habían sido de un tono parecido a la plata derretida.

Donato empezó a calcular cuánto tiempo tardaría en volver a ver aquel maravilloso brillo.

Capítulo 8

ESTABAN sentados alrededor de la mesa de cristal de la sombreada terraza de la piscina. Elsa no supo si fue por la comodidad de la silla de respaldo alto, por la copa de semillón que Donato le había servido o por su aire de naturalidad, pero empezó a relajarse de forma significativa.

Casi como si el encuentro del vestíbulo no hubiera sucedido nunca.

No, eso no. Era muy consciente de él, de cada movimiento, de cada mirada. La excitación del vientre había disminuido un poco, pero no había desaparecido.

Y sin embargo, algo había cambiado. Parecía como si se hubiera producido una especie de tregua.

No hubo ningún comentario provocativo desde que salió del baño. Ningún doble sentido.

Donato la había llevado hasta la terraza, donde charlaban tranquilamente como si no se hubieran arrojado el uno en brazos del otro antes. Tal vez debería sentirse insultada, pero Elsa estaba aliviada, la tensión se había calmado un poco.

Se había instalado en la mesa y le había visto dejar al descubierto un festín de los que un chef profesional tardaba horas en preparar.

Elsa debería estar analizando con ojo crítico cada matiz de la situación para averiguar cómo enfrentarse al reto que suponía Donato. Pero, en cambio, se dejó llevar por el apetito y comió.

La comida estaba deliciosa. Había canapés de langosta que se fundían en la boca, tostaditas de gambas y alioli y una colorida ensalada decorada con mango fresco y otras delicatessen.

¿Acaso Donato había chasqueado los dedos y había aparecido un banquete? ¿Ofrecía semejante festín a todas las mujeres que seducía?

Donato rellenó sus copas y Elsa se fijó en sus musculosos antebrazos, fuertes y recubiertos de un fino vello oscuro. Resultaba completamente excitante. Sintió una punzada en el vientre.

—¿Vamos a hablar de ello o vamos a ignorar al elefante que hay en la sala? —apartó su plato.

A él se le formó un hoyuelo al sonreír.

—¿Para ti el sexo es un elefante? —murmuró.

Elsa apretó los labios.

—No seas obtuso —agarró la copa y le dio un sorbo. El vino seco resultó delicioso para la repentina sequedad de su garganta—. No hemos resuelto nada. Yo...

—Claro que sí —Donato volvió a sonreír—. Hemos confirmado que tú y yo estamos tan bien juntos como pensamos que estaríamos.

Alzó la copa en silencioso brindis y bebió. Elsa se preguntó por qué la visión de su bronceado cuello al tragar le provocaba semejante deseo.

Sacudió la cabeza.

—No te hagas la tonta, Elsa. Desde el principio te preguntaste cómo estaríamos juntos.

Ella apretó más los labios.

—No intentes distraerme, Donato. No funcionará.

El brillo de sus ojos y la forma en que alzó la ceja

le hicieron saber que no estaba de acuerdo. Elsa dejó la copa y se puso más recta.

—Esta mañana dijiste que todavía quieres casarte. ¿Por qué? No vas a ganar nada con eso.

Donato alzó todavía más la ceja y ella levantó la mano.

—Ya hemos dejado claro que no necesitas casarte para tener sexo.

—Tal vez quiera formar parte de la sociedad de Sídney —Donato ladeó la cabeza, como si le estuviera haciendo una confidencia.

Elsa no le creyó.

—No me necesitas para eso. Tienes el dinero y la influencia para abrir cualquier puerta —solo había que mirar aquella casa. Tanto si era alquilada como si no, costaba un riñón.

—Pero ya sabes que tengo antecedentes penales. Pasé un tiempo en un centro para menores y luego en prisión.

Aunque su expresión permaneció inmutable, su rostro parecía algo más serio.

—¿Y?

—¿No se te ha ocurrido que alguien con mi pasado podría encontrarse con puertas cerradas? Puede que haya gente que no se sienta cómoda con un ex convicto. Un exconvicto peligroso.

Peligroso. Allí estaba otra vez aquella palabra. Pero un hombre verdaderamente peligroso no la habría tratado como lo hizo él.

Elsa se había derretido con su contacto, se había arrojado a sus brazos con una sensualidad que todavía ahora la dejaba sin aliento. Y sin embargo, Donato no había intentado ni una sola vez forzarla. Aunque suponía un reto para ella desde el momento en que se conocieron, siempre había contado con el derecho a escoger.

Tampoco había hecho que se sintiera sucia. Le había recordado que su seducción fue mutua.

Donato Salazar, el implacable magnate, el hombre que tenía a su padre en la palma de la mano, había sido atento.

Y no porque quisiera algo. Ella ya le había dado lo que quería en el vestíbulo. Recordó entonces algo que había leído en Internet la noche anterior sobre sus empleados. Las renuncias eran prácticamente nulas; al parecer, Donato inspiraba en ellos lealtad. Ella dio por hecho que se debería a que pagaba bien. Ahora se preguntó si no habría algo más complejo.

Se lo quedó mirando, hipnotizada por la tensión que veía en sus hombros.

¿Sería cierto? ¿De verdad habría puertas cerradas para él?

No se creía que le importara la opinión de los demás.

—¿Estás diciendo que quieres casarte conmigo y entrar en mi familia para ganar respetabilidad? —Elsa frunció el ceño. Su padre había formado parte de la élite de la sociedad de Sídney durante años, pero había perdido puntos. Mucha gente no aprobaba sus escándalos.

—¿Tan increíble te parece?

—¿Sinceramente? Sí.

Donato guardó silencio. Elsa sintió cómo aumentaba su impaciencia.

—Entonces, ¿no vas a decirme qué está pasando?

Cuando la miró, Donato tenía los ojos del color del ocaso, como si se hubieran oscurecido. No cabía duda del sutil cambio de expresión en su rostro. Se hizo más cerrada.

Elsa volvió a sentir aquella corriente de electricidad. Aquella conexión. No podía creer que tras toda una vida lidiando con el egoísta de su padre respondiera de aquel modo a un hombre que era exactamente igual que él. Aunque su sexto sentido le indicara que había algo más en Donato.

Se pasó las manos por los brazos para tratar de contener los escalofríos.

–¿Por qué no me dices la verdad? ¿Por qué insistir en la farsa del matrimonio? –su voz tenía un tono de frustración. ¿De verdad confiaba en que las cosas cambiaran solo porque habían tenido una relación íntima?

Se sonrojó y giró la cabeza para mirar hacia el mar, más allá del exuberante jardín. No estaba acostumbrada a aquellos juegos. Debería irse a su casa y poner una lavadora. O ir a ver oportunidades de muebles de segunda mano para encontrar algún tesoro perdido que restaurar.

Pero ya era demasiado tarde. El daño estaba hecho. No podía dar marcha atrás. Sentía fascinación por Donato.

–La verdad es bastante sencilla, cariño. Y no siempre deseable.

¿Fue aquella inesperada palabra lo que se le quedó atrapado en la garganta? ¿O la expresión de Donato? El destello de emoción le paró el corazón a Elsa. Se lo quedó mirando, preguntándose si lo había imaginado. Pero estaba claro que había visto una punzada de dolor agudo.

–¿Quieres la verdad? –Donato sacudió la cabeza y murmuró algo entre dientes que no entendió. Luego se sentó hacia delante y colocó los codos en las rodillas, invadiendo su espacio vital–. La verdad es... que quiero la boda que tu padre está planeando.

Tendría que haberse sentido insultada. A pesar de la atracción sexual, Donato no quería casarse con ella, estaba igual de dispuesto a casarse con Fuzz. Y sin embargo, Elsa estaba intrigada. Allí había algo, algo que no podía precisar pero que sin duda lo explicaría todo.

Donato quería la boda. No la quería a ella, sino la boda.

Frunció el ceño y sopesó la opción de que quisiera casarse con una total desconocida solo para asegurarse un sitio en la alta sociedad. No tenía sentido.

–Deja de torcer el gesto, Elsa. Te va a dar dolor de cabeza.

–¿No te parece que la idea de verme obligada a casarme es suficiente para que me duela la cabeza?

Para su sorpresa, Donato le tomó la mano en la suya.

–Todo saldrá bien –le aseguró con tono tranquilizador–. Lo único que tienes que saber es que, mientras los planes de boda sigan adelante, también lo hará mi apoyo a tu padre.

Elsa sintió por un instante el deseo de apoyarse contra él, de confiar en que todo saldría bien de verdad. Aunque, ¿cómo iba a ser posible?

–Pero lo estás amenazando –y, como resultado, también al resto de su familia.

–¿Tanto te importa su dinero? ¿Dependes de él?

Elsa arqueó las cejas. No dependía del dinero de Reg Sanderson desde el día que cumplió diecisiete años y salió por la puerta para hacer su vida. No le importó que sus sueños fueran tonterías a ojos de su padre. Convertirse en enfermera, hacer algo concreto y práctico para ayudar a la gente. Tener independencia económica. Escoger a sus propios amigos. Todas aquellas cosas habían sido hitos importantes.

–Lo que me importa es que creas que puedes chantajearme para que me case contigo. Eso no es ético –Elsa le dirigió una mirada asesina y tiró de la mano para soltarse. No funcionó y se puso de pie de un salto.

Donato la imitó y se cernió sobre ella.

–¿Esperas un comportamiento ético de mí? ¿De un exconvicto? –apretó las mandíbulas.

–¿Por qué no? –Elsa debería sentirse intimidada por el brillo de sus ojos y por cómo la tenía acorralada. Pero sintió un delicioso escalofrío cuando arqueó el cuello para sostenerle la mirada–. No eres un delincuente, Donato.

Él se la quedó mirando como si fuera la primera vez que la tenía delante.

–No me digas que eres una experta en delincuentes –dijo finalmente–. Lo dudo, porque has crecido en una mansión de la playa y has ido a un colegio privado muy caro.

–Así que sí me has espiado –Elsa parpadeó, asombrada por lo traicionada que se sentía.

Donato frunció el ceño.

–Te dije que no. No hace falta un detective para saber que tu padre no enviaría a su querida hija a un lugar donde pudiera mezclarse con la gente equivocada.

Elsa sintió una punzada de alivio. No había querido pensar que Donato le hubiera mentido. Y contuvo una carcajada amarga. Nunca había sido la hija querida de Reg. Y si Donato supiera el acoso que le había tocado soportar en el colegio... si hubiera sido más guapa o menos estudiosa tal vez no lo habría sufrido tanto.

–Conocí a varios delincuentes en su momento –su padre el primero de ellos–. Acosan a los que parecen más débiles, pero en realidad son unos cobardes que tienen miedo a que puedan ser más fuertes que ellos.

–Y sin embargo, ¿a mí no me consideras un acosador?

Elsa aspiró con fuerza el aire y luego lamentó haber

aspirado su aroma almizclado. Le entraron deseos de besar su bella boca. Apartó la mano y dio un paso atrás.

—No —Donato era exigente, arrogante, inteligente e implacable. Pero también se había mostrado considerado, tranquilizador y casi... tierno.

—Háblame del hombre al que agrediste.

Donato echó la cabeza hacia atrás.

—¿Qué te hace pensar que quiero hablar de eso?

Ella se encogió de hombros.

—¿Por qué no ibas a querer? No me digas que te da miedo que te juzgue. ¿Por qué te peleaste con él?

Donato se encogió de hombros y mantuvo una expresión neutra.

—Se lo merecía. Hizo daño a alguien.

Elsa frunció el ceño. No había leído que hubiera nadie más en la pelea, solo un Donato adolescente y un hombre de cuarenta años. Y sin embargo fue el hombre quien acabó en el hospital tras la intervención de la Policía.

—Entonces, ¿estabas protegiendo a alguien? —sintió un tirón en el pecho al imaginárselo de adolescente enfrentándose a un hombre mayor para salvar a otra persona.

Ella no había tenido ningún protector en toda su vida, siempre había librado sus propias batallas. Pero la idea le resultaba muy atractiva. Tal vez porque nunca nadie la había defendido. Eso hacía que las acciones de Donato resultaran más comprensibles, más perdonables.

Elsa esperó varios instantes hasta que finalmente él sacudió la cabeza.

—No fue tan sencillo. No creas que soy ningún héroe —apretó los labios—. No lo soy.

Elsa se sobresaltó al escuchar su tono de voz y ante aquel destello de emoción oscura. Parecía... torturado.

Y juraría que había escuchado desolación en sus palabras. Aunque Donato se recompuso enseguida, aquella décima de segundo bastó para que Elsa le diera vueltas a la cabeza.

¿Se culparía por no haber protegido a aquella otra persona? Estaba claro que algo le reconcomía a pesar del paso del tiempo. Donato tendría ahora treinta y tantos años, pero aquel dolor lejano seguía enterrado bajo aquella superficie de sangre fría.

Fuera lo que fuera lo que sentía en aquella alma tan bien protegida, era algo profundo y fuerte.

En lugar de asustarse, Elsa se sintió atraída. Quería deslizarle las manos por los tensos hombros, estrecharlo entre sus brazos y aprender todo lo que pudiera sobre Donato Salazar.

—¿Esa fue la única vez que fuiste violento?

—¿Qué es esto, una entrevista?

Elsa alzó la barbilla.

—Eres tú quién está hablando de matrimonio.

—Nunca he sido violento con ninguna mujer. Es algo de lo que no tienes que preocuparte.

—¿Porque tú lo digas? —Elsa cruzó los brazos sobre el pecho.

—Eso es algo que yo nunca haría —sus ojos desprendían un brillo indignado, y a Elsa le quedó claro que había tocado nervio—. Me educaron en el respeto a las mujeres. No tienes nada que temer de mí.

Era aterrador lo fácil que le resultaba creerle.

—¿Y qué me dices de los hombres?

—Si fueras un hombre no estaríamos teniendo esta conversación.

Elsa hizo un esfuerzo por dar un paso atrás. Donato apretó las mandíbulas.

—No has contestado a mi pregunta.

–¿Que si soy peligroso? –él suspiró y sacudió la cabeza–. Todo sucedió hace mucho tiempo. Te lo dije por teléfono. Aprendí a pensar antes de actuar. La cárcel es una gran maestra –se pasó un dedo por la delgada línea de la cicatriz que le cruzaba la mejilla–. Creía que era un chico duro, pero tenía mucho que aprender.

A Elsa se le encogió el corazón. Se lo imaginó entrando en la cárcel como adolescente y saliendo convertido en un hombre. A saber con quién se habría mezclado allí dentro. No era de extrañar que Donato tuviera una fachada tan impenetrable.

–¿Sientes lástima por mí, Elsa? –su aliento le acarició el rostro. Era cálido y tenía aroma a café. Frunció el ceño al inclinarse sobre ella. Sus ojos reflejaban asombro.

–No, yo...

Sus palabras se disolvieron cuando los labios de Donato rozaron los suyos, suaves y tentadores.

Aquello fue lo único que hizo falta. Un beso. Ni siquiera un beso de verdad, tan solo un leve roce, y Elsa se prendió en llamas, apoyándose contra él. Donato la rodeó con sus brazos con gesto protector, tierno. Aquello alimentó su respuesta como la gasolina al fuego.

Él echó la cabeza hacia atrás y se la quedó mirando. Se le había oscurecido la mirada.

–No necesito tu compasión –Elsa escuchó el rumor de su voz a través de sus cuerpos unidos–. Me declararon culpable, ¿recuerdas?

–¿Quién ha hablado de compasión? –Donato la miró con más frialdad–. Las mujeres me buscan porque soy rico. Porque tengo poder. O por la emoción de saber que soy malo y peligroso. Pero nunca porque sienten compasión por mí.

Era una advertencia clarísima. Y sin embargo, Donato no había mencionado la razón más obvia por la que cualquier mujer lo buscaría. Porque era el soltero más fascinante, sexy y carismático del planeta.

Había encontrado por fin un punto débil en su aura de autoridad. Cuando tuviera más tiempo, cuando no estuviera pegada a él desde el muslo hasta el pecho, pensaría en ello.

Pero ahora no podía pensar en nada. La nueva Elsa, la impulsiva, la que se atrevía a actuar siguiendo sus impulsos, había despertado. Se estremeció de deseo como una rosa bajo una ráfaga de aire cálido en verano.

–Bien, entonces no esperes ningún sentimiento por mi parte –se puso de puntillas y hundió las manos en el suave cabello de Donato, bajándolo hasta ella.

Aquel hombre la confundía, la irritaba y la fascinaba de forma alternativa. Pero lo necesitaba. Más que antes, como si lo que habían compartido hubiera sido un aperitivo de algo deliciosamente adictivo.

–Bésame, Donato –era una nueva Elsa la que hablaba–. Y que sea un buen beso.

Elsa nunca le había dicho nada parecido a ningún hombre, pero los dedos que le acariciaban el pelo a Donato eran los suyos, y suyos también los senos que se apretaban contra su duro torso, y las caderas que hacían círculos de deseo.

Cuando llegaron a la tumbona que había al lado de la piscina, Elsa estaba en ropa interior y él había perdido la camisa y los zapatos.

Elsa se tumbó y disfrutó de la visión de su torso bronceado, poderoso y recubierto de un fino y oscuro vello. Ni siquiera el par de pálidas cicatrices de las costillas estropeaban su perfección. Los músculos se le pusieron tensos cuando buscó el preservativo y luego se bajó los pantalones. Elsa dejó escapar un gemido y Donato alzó la vista.

¿Sería demasiado infantil decir que era el hombre más imponente que había visto en su vida?

–Estás bien preparado –murmuró–. ¿Siempre llevas tantos preservativos encima?

Donato curvó los labios en una sonrisa.

–Te estaba esperando.

Extendió la mano y le quitó las braguitas con naturalidad. Sus ojos parecían láseres, tan ardientes que Elsa sintió cómo se estremecía. Luego le puso la boca en un seno y le deslizó una mano entre las piernas, y entonces no hubo nada más que Donato y un placer tan intenso que la saturó desde los huesos hasta el cerebro.

Donato le lamió un pezón y Elsa contuvo el aliento. Lo succionó en el interior de su cálida boca y ella lo atrajo más hacia sí.

–Te necesito. Te necesito ahora –Elsa bajó la mano para acariciarlo. Estaba muy duro.

Donato le cubrió los dedos con los suyos y la guio hasta que estuvo justo donde ella lo necesitaba. Se miraron a los ojos mientras él le pasó las manos por encima de la cabeza y se las sostuvo contra los cojines mientras entraba en ella con ansia.

Elsa se arqueó, asombrada por la pureza de la intimidad de sentirla allí, en su centro, con los ojos clavados en los suyos mientras reclamaba su cuerpo. Se quedó sin aire en los pulmones al experimentar una sensación abrumadora. No era una sensación física, sino algo que no podía definir, una sensación de pertenencia.

Donato abrió mucho los ojos. ¿Lo estaría sintiendo él también?

Elsa recordó lo que había sentido al alcanzar el clímax entre sus brazos perdida en su mirada. Volvió a experimentar aquel intenso placer, y también la poderosa conexión, algo que sentía también en el alma, no solo en el cuerpo.

Cerró los ojos y se centró en el creciente éxtasis físico. El clímax llegó antes de que se diera cuenta, lanzándola hacia las estrellas. Se mordió la lengua para no gritar su nombre, no quería rendirse completamente a él.

Donato la embistió con fuerza y se derramó en ella. Entonces Elsa abrió los ojos sin querer. Se perdió al instante en aquel calor índigo, en aquel embriagador y aterrador territorio desconocido que no solo consistía en cuerpos ansiosos y eróticas caricias. En un lugar en el que ya no era Elsa, sino una parte de Donato, y Donato una parte de ella.

Él le mantuvo la mirada durante lo que le pareció una eternidad, sus respiraciones agitadas tras los instantes de placer.

Elsa se dijo que todo estaba bien. No pasaba nada. Sencillamente, no estaba acostumbrada al sexo. A entregarse a ningún hombre. Se trataba de algo puramente físico.

Entonces Donato inclinó la cabeza y le rozó los labios con los suyos en una delicada caricia. Algo inexplicable y enorme creció dentro de ella. Elsa tragó saliva y parpadeó furiosamente cuando una lágrima inexplicable le rodó por la mejilla.

Capítulo 9

S I TE quedas a dormir, ¿quién sabe? –murmuró Donato unas horas más tarde mientras le acariciaba lánguidamente la espalda–. Tal vez consigamos llegar a la cama.

Era la primera vez que invitaba a una mujer a quedarse a pasar la noche, pero ya había dejado de sorprenderle el deseo que sentía por Elsa. Fuera lo que fuera lo que estuviera pasando entre ellos, tenía intención de disfrutarlo al máximo.

Elsa soltó una carcajada y Donato sintió una punzada en el vientre. Tenía una risa sexy y cálida.

–Eso sería una novedad.

Donato sonrió. Así estaba mejor. La visión de sus ojos plateados cubiertos de lágrimas le había inquietado, aunque hubiera tenido lugar tras un impresionante clímax.

La atrajo hacia sí e ignoró el resurgimiento de deseo. Las sombras habían crecido y Elsa se había dormido, lo que le hizo preguntarse si no estaría agotada. Tal vez tampoco había dormido la noche anterior.

Elsa Sanderson no era lo que esperaba. Desde su sencilla ropa interior de algodón hasta su mirada cuando le preguntó sobre su pasado.

Donato sintió una punzada en el pecho. Aparte de su madre, nadie había estado completamente de su lado, ni siquiera su abogado. No estaba acostumbrado a ello. Aquello explicaba la extraña sensación que experimentó cuando Elsa le miró con simpatía.

Se sacudió aquella sensación de inquietud. Apretó a Elsa contra su erección y disfrutó de su gemido. Le gustaba abrazar a una mujer que era todo curvas. Estaba deseando explorar cada centímetro de ella.

El sonido de un teléfono atravesó el silencio y Elsa se movió.

—Es el mío —se levantó de la tumbona tambaleándose.

—Puede esperar —Donato se apoyó en un codo para mirarla mejor. ¿Cómo podía una mujer tan guapa como Elsa dudar de su atractivo?

—Podría ser importante —ella agarró el teléfono antes de que pudiera impedírselo.

¿En sábado? ¿Qué podía ser tan vital? ¿Otro amante? La idea fue como un puñetazo en el estómago. El instinto, o tal vez el orgullo, le indicó que Elsa no era promiscua. Deslizó la mirada por su figura de reloj de arena, un poco más ancha en las caderas y deliciosamente estrecha en la cintura. Piernas largas y bien torneadas y cabello como la miel oscura. Elsa se cubrió con una toalla y torció el gesto.

—Hola, papá —su voz era recelosa. Más que recelosa.

A Donato le picó la curiosidad.

Elsa le miró de reojo y se apartó de allí.

Pero la curvatura de la casa mejoró la acústica, así que captó parte de la conversación.

—¡No, no está todo acordado! Encontraremos otra forma —Elsa se apretó el móvil contra le oreja y se apartó la melena en gesto de frustración—. ¡No lo harás! Ese dinero es de Rob. Tiene que devolvérselo antes de hacer nada más.

Volvió a mirarle de reojo antes de dirigirse al extremo de la piscina.

Donato la vio alejarse con largas zancadas. No podía estarse quieta. Levantó una mano al aire y torció el gesto como si se hubiera tragado algo amargo.

Hablar con Reg Sanderson producía el mismo efecto en él.

Así que había una disputa entre padre e hija. Donato lo había supuesto al ver la falta de afecto entre ellos. Y luego estaba el tono ultrajado de Elsa al hablar del dinero de Rob. ¿Su hermano Rob? ¿Había metido Sanderson la mano en los bienes de sus hijos?

Donato no tendría que haber prometido no investigarla ni a ella ni a sus hermanos. Tenía las manos atadas. Había muchas más cosas que quería saber, pero había dado su palabra.

Elsa regresó. Tenía las facciones contraídas y Donato sintió una punzada.

–Ven aquí –dijo ofreciéndole la mano–. Necesitas que alguien te ayude a sentirte mejor. Y soy el hombre adecuado.

No era una invitación completamente egoísta. No le gustaba su expresión turbada ni saber que era Sanderson quien la había provocado. Una razón más para odiar a aquel hombre.

Elsa levantó la mano como si fuera a tomar la suya, pero se detuvo.

–No –dejó caer la mano y a Donato le sorprendió la fuerza de su desilusión–. Gracias, pero... –sacudió la cabeza–, tengo que irme.

Donato estuvo a punto de insistir en que se quedara cuando vio la tensión que reflejaba su boca. Sabía que podía tenerla toda la noche en la cama y disfrutar de su cuerpo. Podría sacarle la información que quería tras tirar por tierra sus defensas.

Dejó caer el brazo. Quería la pasión de Elsa y su dulce cuerpo. Quería entenderla y entender su relación con su padre. Pero no la seduciría para obtener detalles.

Sintió una punzada de inquietud desconocida. Ya se estaba aprovechando al fingir que quería casarse. Sanderson no era el único que la estaba presionando.

Por primera vez desde hacía años, la sombre de una duda le pasó por la conciencia. Más que una duda era culpabilidad.

Donato se incorporó y apretó las mandíbulas mientras Elsa recogía su ropa. Tal vez fuera vulnerable, sexy y divertida, pero no podía permitir que se interpusiera en el camino de la justicia.

Nada libraría a Reg Sanderson de recibir su merecido. Ni siquiera el hecho de que su hija fuera la mujer más atractiva y fascinante que Donato había conocido en su vida.

Se puso de pie y recogió la camiseta de Elsa, que había aterrizado en la hamaca.

–Gracias –Elsa no le miró a los ojos, y Donato volvió a percibir aquel indicio de turbación.

Sus manos se rozaron y volvieron a saltar chispas.

–Te veo mañana.

Ella negó con la cabeza y Donato tuvo que contenerse para no abrazarla.

–Estoy ocupada.

–Estate lista a las nueve. Pasaré a recogerte.

–No sabes dónde vivo. Y prometiste no ponerme un detective.

Donato suprimió una sonrisa. Así estaba mejor. Sus ojos brillaban desafiantes.

–No te prometí que no te seguiría hasta casa –afirmó–. Voy a ponerme algo encima –buscó la camisa y se dio cuenta distraídamente de que le faltaban un par de botones.

El profundo suspiro de Elsa le llamó la atención. A pesar de su aire desafiante, se agarró a la ropa para ocultarse detrás de ella.

–De acuerdo. Nos veremos mañana. Vendré aquí a mediodía.

–A las nueve.

–A las once.

–A las nueve –Donato le apartó el pelo de la mejilla–. Y prometo no llamarte después de medianoche.

Elsa se estremeció y él se acercó más para aspirar el delicado perfume de su piel.

–A las nueve y media entonces. Y no me llamas en ningún momento.

Donato no dijo nada. Si Elsa pensaba que iba a dejar pasar la oportunidad de escuchar su voz ronca y deliciosa cuando no podía tenerla con él en la cama, entonces no le conocía todavía.

–Eso es. Ya lo tienes –la voz de Donato sonaba aprobatoria y Elsa sintió una punzada de emoción, pero tenía que concentrarse–. Mueve la mano izquierda.

Observó mientras Donato lo hacía. Igual que ella, estaba suspendido en una cuerda a medio camino de la pared de la roca. Pero a diferencia de Elsa, se sentía muy cómodo. Había visto su alegría antes, cuando hacía rapel por el acantilado.

–Elsa, ¿estás bien?

–Perfectamente –ella volvió a mirar la pared y se concentró en seguir las instrucciones de Donato. Se echó despacio hacia atrás y sintió cómo se movía la cuerda en su mano enguantada.

—Perfecto. Lo tienes. Lo estás haciendo muy bien, sigue así —su voz era alentadora y al mismo tiempo profesional. El profesor perfecto.

¿Quién lo hubiera pensado? Elsa recordó la primera noche, en la que le pareció tan despótico y autoritario. Pero el Donato que había empezado a conocer tenía una profundidad sorprendente. Solía salirse con la suya y tenía un lado que todavía no había conseguido penetrar, pero resultó ser inesperadamente detallista y... cariñoso.

Donato se le acercó, pero no lo suficiente como para agobiarla.

—Intenta doblar las rodillas y balancearte un poco. Estás a salvo.

Elsa asintió. Había inspeccionado el equipamiento y había aprendido todo lo que pudo antes de acceder a intentar aquello. Y su guía profesional estaba en lo alto, vigilándola.

Dobló las rodillas y se apartó despacio de la roca. Durante un instante sintió miedo y luego experimentó el subidón de adrenalina. Volvió a hacerlo, esta vez soltando un poco la cuerda para poder moverse en arco.

—¡Lo conseguí! —una sonrisa le iluminó el rostro.

—Por supuesto que sí, porque te has esforzado.

Elsa se giró hacia Donato y vio que sonreía, como si estuviera tan contento como ella.

—Vamos, lleguemos hasta abajo.

Elsa se dio la vuelta y se concentró en cada movimiento hasta tocar el suelo. Una vez allí, aspiró con fuerza el aire.

—Ha sido maravilloso —reconoció.

–¿Te alegras de haber probado algo nuevo este fin de semana?

–Absolutamente.

Aquellas dos últimas semanas no había tenido tiempo para nada más que para el trabajo y para Donato. Si no estaba con él por la noche, hablaba con él por teléfono. Su voz oscura como el café era un constante recordatorio de lo que se estaba perdiendo al negarse a quedarse con él.

Pero seguía necesitando mantener una parte de su vida privada. Donato había entrado en su mundo como un ciclón que arrasó con todas sus defensas. Dominaba sus pensamientos e incluso sus sueños. Iban a dividir aquel fin de semana en las Montañas Azules en dos partes. Donato había sugerido que pasaran la mitad del tiempo haciendo algo que le gustara a él, y la otra la escogería ella.

Como si quisiera compartir su vida privada con ella, no solo la cama. Como si quisiera conocerla mejor. Era una idea tentadora. Tras dos semanas de orgasmos intensos y charlas banales, esto suponía un giro en su relación.

Elsa había tratado de decirse que no tenían ninguna relación. Tenían sexo. Un sexo asombroso.

Y tenía aquel compromiso falso. Su padre insistía en que se casaran y seguía adelante con los preparativos a pesar de las protestas de Elsa. Pero haría falta algo más que una orden de su padre para que se casara con un hombre al que no amaba.

Mientras tanto, tenía que ayudar a sus hermanos. Su padre se había apoderado con malas artes de la herencia que su abuelo le había dejado a Rob, el dinero que necesitaba para terminar de amueblar el resort. Reg había prometido devolverlo cuando cerrara su trato con Donato.

Elsa se sentía atrapada entre la atracción que sentía por Donato y la situación con su padre.

Le había dicho a Donato muchas veces que no habría ninguna boda. Él siempre se encogía de hombros y decía que todo saldría bien.

Era como un juego en el que solo él conocía las normas. Cuando Elsa trataba de presionarle para encontrar una solución, Donato la distraía, normalmente con alguna provocación que solía acabar en la cama.

Ahora la rodeó con sus brazos y el corazón le dio un vuelco, como solía suceder.

—¿No me vas a dar un beso por enseñarte a hacer rapel?

Ella sacudió la cabeza con gesto coqueto.

—Ha sido el guía quien ha hecho todo el trabajo, ha organizado el equipamiento y...

—Si crees que vas a besar a otro que no sea yo, estás muy equivocada —los ojos de Donato tenían un brillo especial.

Elsa se estremeció al instante. Aquella posesividad era demasiado atractiva. Deseaba a Donato. No solo sus besos, sino también su atención, su tiempo. Escuchó una sirena de alarma interior.

Tenía que recordarle que era una mujer independiente, y también a sí misma. Donato era tan abrumador que necesitaba batallar constantemente para no resultar engullida por él.

Le puso una mano en el ancho pecho y lo empujó suavemente.

—Eso lo decidiré yo. No te pertenezco, Donato. No me has comprado.

Elsa esperaba una mueca burlona o aquella sonrisa lenta y letal que le despertaba los sentidos. Pero Donato se quedó repentinamente quieto y la miró de un modo que le erizó el vello de la nuca. No era una mirada furiosa. No fue capaz de distinguir su expresión, pero Elsa sabía que había tocado un tema espinoso.

Donato la apretó con más fuerza, clavándole un poco los dedos. Y de pronto la soltó. Dio un paso atrás y flexionó las manos. El pecho le subía y le bajaba como si fuera un nadador que hubiera permanecido demasiado tiempo bajo el agua.

–¿Donato? ¿Qué pasa? –Elsa sintió un escalofrío.

Él, que tenía la mirada clavada en el horizonte, se giró para mirarla. Elsa distinguió una fuerte emoción en él. ¿Qué estaba pasando? Un instante atrás estaba riéndose.

–No pasa nada –desaparecieron los últimos vestigios de tensión. Parecía el mismo de siempre, confiado y controlado. Pero Elsa sabía que algo había sucedido, igual que ocurrió cuando le habló de su pasado.

¿Qué estaba ocultando? Todo el mundo guardaba secretos, pero le daba la sensación de que Donato tenía muchas sombras. Elsa le agarró los brazos, necesitaba una conexión física. Necesitaba, si era posible, ayudar.

Se puso de puntillas y le rozó los labios con los suyos. Él respondió al instante con una pasión que la hizo desear que el guía no estuviera arriba esperándolos.

Finalmente, Donato se apartó de ella.

–Vamos, Elsa. Es hora de que aprendas a subir –sus labios se curvaron en una sonrisa arrasadora y ella no pudo evitar sonreír a su vez.

Pero guardó silencio mientras Donato se ocupaba de la equipación. Porque la sonrisa que él había esbozado no le llegó a los ojos.

Elsa se dijo que el hecho de que fueran amantes no le daba derecho a husmear en cosas que obviamente

Donato no quería compartir. Ella también mantenía parte de su vida fuera de su alcance.

Pero la necesidad de comprenderle la carcomía. Quería saber para poder ayudar. Porque no quería volver a ver aquella expresión en su rostro nunca más.

¿Aquella era la reacción de una amante a corto plazo?

¿O la de una mujer que se hundía cada vez más?

Capítulo 10

¡TERAPIA de compras! –protestó Donato–. Sabía que iba a ser un error dejarte escoger la actividad del día.

Pero era una protesta con la boca chica. Tras pasar una noche entera con Elsa y despertarse con ella en brazos por primera vez, haría falta algo más que unas compras para estropear su buen humor.

La noche anterior, tras pasarse el día escalando y haciendo rapel, Elsa mostró una pasión intensa. Dado su historial de atracción constante y amor explosivo, aquello era decir mucho.

Cuanto antes se fuera a vivir con él, mejor.

Donato ignoró la voz que le recordaba que nunca había compartido su casa con ninguna mujer.

Esto era diferente. Elsa no era una enredadera que se agarrara a todas las cosas materiales que él le podía conseguir.

Resultaba difícil creer que fuera hija de Sanderson. Cuanto más la conocía, menos se le parecía.

–Si no tienes energía para esto, puedes volver al hotel, Donato –Elsa le lanzó una mirada desafiante.

–¿Energía? –Donato se quedó mirando aquellos impresionantes ojos con fingida indignación–. Te desafío a encontrar un hombre con más energía que yo.

–Ya veremos cómo estás tras unas cuantas horas

buscando el tesoro perdido −entonces se giró hacia una silla antigua carcomida por la polilla y le ignoró.

Donato sonrió. Le gustaba que Elsa dejara muy claro que no iba a darle la razón. Durante años, desde que consiguió el éxito profesional, la gente estaba siempre dispuesta a darle la razón. Nadie le llevaba la contraria.

Le gustaba que Elsa le tratara como un hombre normal. Ni como un hombre de negocios astutos ni como un advenedizo en la esfera de la alta sociedad en quien no se podía confiar del todo debido a su turbio pasado.

−¿Tesoro? Querrás decir andar hurgando entre la chatarra.

Elsa se encogió de hombros.

−Si no puedes aguantarlo, te veré luego.

Pero Donato no pensaba ir a ninguna parte. Estaba fascinado viendo a Elsa observar con buen ojo en la tienda de antigüedades. Él mismo había desarrollado un interés por los objetos antiguos, atraído por la idea de un mundo desaparecido de elegancia y belleza, todo lo que él no había tenido al principio en su vida.

Elsa avanzó por el lugar y clavó la mirada en la misma repisa de chimenea que había visto él. Su sitio estaba en la casa de un coleccionista. Luego se paró ante una mesita dañada. Donato no se había fijado en ella. Ahora se dio cuenta de la finura de su construcción. Quedaría preciosa una vez restaurada.

Elsa tenía buen ojo. Le intrigó pensar que compartían el mismo interés por las cosas bonitas y antiguas.

Pero lo que le mantenía a su lado era algo más. Elsa rezumaba entusiasmo mientras exploraba. Le resultaba atractiva cuando le retaba y cuando se negaba a seguirle la corriente a pesar de la presión de su padre. Pero cuando estaba feliz, Elsa brillaba.

Quería perderse en aquel brillo, ser parte de lo que la hacía feliz. Quería hacerla sonreír. ¿Cuándo fue la última vez que deseó hacer algo así por alguien?

Era un alivio verla así. El día anterior había desatado una corriente de recuerdos amargos con unas cuantas palabras. Más que eso: había evocado la culpa.

«No te pertenezco. No me has comprado».

Incluso ahora se le heló la sangre en las venas con aquellas palabras. Con la implicación de que estaba quitándole el control de su vida al acceder a aquel compromiso falso.

¿De verdad sentía Elsa que había perdido el poder?

Sintió un sabor amargo en la boca. Su lucha no era con Elsa, era con su padre. Pensaba que la hija de Sanderson sería tan superficial y egoísta como él, deseosa de triunfar en el papel de prometida de alta alcurnia. Pero se había encontrado con una mujer cuya idea de pasar un buen rato consistía en descubrir objetos antiguos.

«No me has comprado».

Donato apretó con tanta fuerza las mandíbulas que le dolió el cráneo.

Él sabía exactamente lo que significaba comprar a alguien. Poseer a alguien.

Aquellas palabras tan despreocupadas, tan poco importantes para la mayoría, fueron para él como cuchillos afilados. Se clavaron en la oscuridad que era su pasado y en su mera esencia. Donato sintió el corte helado, no en la cara ni en las costillas esta vez, sino en el corazón.

—Donato —una mano rozó la suya y él alzó la vista para encontrarse con la mirada de Elsa. Volvió a sentir la chispa de conexión, esta vez en forma de un calor que derritió el hielo de sus venas—, ven a ver esto.

¿Lo sabría Elsa? ¿Habría visto las sombras que lo engullían?

Donato estiró la espalda. Por supuesto que no. Nadie lo sabía. Aquella carga era únicamente suya.

–¿Qué has encontrado ahora? ¿Joyería? –forzó una sonrisa y la vio parpadear.

Así estaba mejor. Prefería una Elsa distraída antes que interrogatoria.

–Tiene que ser algo que brille para que una mujer esté tan contenta.

–No finjas ser un machista. Los dos sabemos que no lo eres.

Sus miradas volvieron a cruzarse, y Donato sintió que los ojos de Elsa veían demasiado. Debido a su paso por prisión, la mayoría de las mujeres lo veían con cierta emoción mezclada con excitación. Fantaseaban con el chico malo que había hecho luego fortuna. Si conocieran todos los detalles de su pasado se alejarían de él. Eso nunca le había importado. Le daba igual la aprobación de las mimadas mujeres de la alta sociedad.

Pero con Elsa deseó por primera vez ser un hombre diferente. Aunque eso significaría renegar de su pasado, algo que nunca haría.

Elsa entrelazó los dedos con los suyos. A Donato le sorprendió lo mucho que le gustó.

–Ven, quiero que me des tu opinión sobre una cosa. Me recuerda a algo que tienes en tu casa.

A pesar de sus quejas, Donato era una buena compañía. Mejor de lo que Elsa esperaba.

Aquel era el segundo día que habían pasado juntos haciendo algo que no fuera estar en la cama. Cuando él sugirió que pasaran el fin de semana juntos, Elsa pensó que estarían todo el día desnudos. Pero había descubierto algo todavía más entretenido.

Un hombre que apagaba el móvil para pasar tiempo en la naturaleza y que le había mostrado uno de los deportes extremos que disfrutaba.

Un hombre con paciencia y buen humor que se tomaba su tiempo para asegurarse de que ella se divertía.

A Donato no le importaba mantener las apariencias, como su padre. Se había pasado toda la mañana ayudándola a encontrar objetos de valor entre la chatarra. No había parpadeado al llenarse de polvo.

Elsa se preguntó qué pensaría de lo que había escogido para aquella tarde. Le había llevado a un edificio de Patrimonio Nacional, y ahora estaban en el jardín.

—¿Más antigüedades? —Donato miró a su alrededor con interés.

—¿No has estado nunca aquí?

—Soy de Melbourne, recuerda.

Elsa sintió una punzada de placer al poder presentarle uno de sus lugares favoritos.

—Es una casa histórica —dijo con tono indiferente, como si se tratara de un sitio aburrido.

Pero Everglades era especial. La primera vez que estuvo allí era lo bastante niña como para preguntarse si habría hadas en los jacintos salvajes que salían en primavera. Más adelante disfrutó de la paz y la belleza de los jardines. En comparación con la tirante atmósfera que había en su casa, aquello le había parecido el paraíso.

—Te va a encantar. Sé que te gusta el art decó.

—Parece que a ti también.

Elsa escuchó su tono sonriente pero no alzó la vista. Ya había pasado demasiado tiempo bajo el hechizo de Donato.

Se encogió de hombros.

—La tía de mi madre vivía en una casa de los años treinta. Me encantaba.

Su tía abuela la había llevado de viaje a Everglades. No le preocupaba que su sobrina prefiriera celebrar sus cumpleaños en un ambiente de paz en lugar de con una fiesta para cientos de personas. El padre de Elsa consideraba que estaba loca, pero tía Bea la animaba.

—Era importante para ti.

Elsa se giró hacia él.

—¿Cómo lo sabes?

—Sonabas melancólica —los dedos de Donato le rozaron la mejilla en un gesto peligrosamente tierno.

Elsa estaba acostumbrada a la pasión y a la provocación. La ternura quedaba reservada habitualmente al dormitorio. Pero aquel fin de semana estaban pasando más cosas. La expresión de Donato le provocó un nudo en la garganta.

—Sí era importante —dijo finalmente—. Mi madre murió cuando yo era pequeña y la tía Bea era... especial. Ella fue quien me trajo aquí.

—En ese caso, me alegro de que lo hayas compartido conmigo —entrelazó los dedos con los suyos en un gesto tan íntimo como el sexo que habían tenido aquella mañana.

—Ven, hay muchas cosas que ver —Elsa dio un paso adelante bajo los árboles ornamentales, pero no le soltó la mano a Donato. Había algo confortable en estar simplemente de la mano con él.

Exploraron el teatro del jardín, las terrazas ornamentales y las vistas al bosque desde los acantilados. Cuando regresaban y pasaron por delante de la casa hacia una zona llena de plantas, Elsa se dio cuenta de que Donato estaba absorto.

Se había detenido a observar un lecho de abono recién colocado con pequeñas plantas. Para el inexperto ojo de Elsa, la escena no era tan interesante como el resto del terreno.

—¿Eres jardinero?

¿Por qué no había pensado en ello? Ella había estado explicando lo que sabía sobre diseño paisajístico. Tal vez Donato supiera más que ella, teniendo en cuenta que vivía en una casa con enormes jardines en lugar de en un apartamento.

—Tendrías que haberme callado. No se me ocurrió que...

—No soy un experto —aseguró él con la mirada clavada en el lecho del jardín—. Pero me ha recordado a algo.

—¿De verdad? —Elsa se le acercó más—. ¿A qué?

—¿Lo hueles? Huele a tierra mojada y a compost.

Elsa aspiró con fuerza el aire.

—Es un suelo rico y bueno —continuó Donato—. Alguien ha puesto mucho esfuerzo aquí.

—¿A qué te recuerda?

Donato se inclinó para arrancar un par de malas hierbas del cuidado lecho.

—Cuando yo era niño teníamos un gran huerto. Olía así. A tierra y a cultivo —se incorporó y se dio la vuelta, alejándose bruscamente.

Elsa fue tras él.

—¿Te gustaba la jardinería? —era el primer atisbo de su pasado que le ofrecía a excepción de unas cuantas respuestas escuetas a sus preguntas sobre la prisión.

Él se encogió de hombros.

—Era una tarea, nada más. Había que hacerla porque nos proporcionaba alimentos.

—¿De quién era el huerto, de tu padre o de tu madre? —Elsa no sabía nada de su familia, y de pronto quiso saberlo todo.

—Cuánta curiosidad de pronto.

—¿Y qué? No tienes nada que ocultar, ¿verdad?

Donato se detuvo bajo la sombra de un árbol.

—Todo el mundo tiene algo que ocultar.

Bajo la sombra parecía más grande que nunca, con el ancho pecho y los imponentes hombros. Pero fue su voz lo que le provocó un escalofrío de alarma. Tenía un tono helado que le hacía saber que había ido demasiado lejos.

—¿Ni siquiera puedes contestarme a eso? —Elsa sacudió la cabeza—. ¿Tan secreto es?

Donato se cruzó de brazos.

—Eso lo dice la mujer que se niega a mencionar que trabaja por temor a que averigüe demasiadas cosas sobre ella —asintió al ver que ella le miraba fijamente—. Por supuesto que lo sé. Nunca estás disponible antes de las seis de la tarde. Tal vez esté ocupado con mis propios asuntos, pero me doy cuenta de las cosas.

Elsa sintió cómo se le sonrojaban las mejillas. Donato tenía razón. Había evitado hablar de sí misma, a no ser que fuera en un nivel superficial: comida, música, libros, sexo. Nada relacionado con su familia ni con el trabajo. Nada íntimo ni emocional. Hasta hoy, que le había hablado de su tía Bea. Le parecía una gran concesión.

Entendió desde el principio que Donato era peligroso. El instinto le aconsejó que no le dejara acercarse demasiado. Como no era capaz de resistirse a él físicamente, hizo lo posible por aislarle del resto de su vida. Ni siquiera sabía dónde vivía.

Pero él tampoco había sido muy abierto. Elsa se negaba a sentirse culpable.

–No me parece que hablar de lo que hacías en la infancia sea una invasión a tu intimidad –se cruzó de brazos, imitando su gesto, y luego se dio la vuelta para marcharse. Había empezado a creer que compartían algo más profundo que el sexo apasionado. Estaba claro que se había engañado a sí misma.

–¡Espera! –una mano en el brazo la detuvo.

Elsa miró cómo sus dedos le agarraban la piel. Aquel contacto bastó para provocarle un escalofrío de emoción. Su cuerpo nunca captó el mensaje de que no se podía confiar en Donato.

–Haré un trato contigo –Donato le deslizó la mano por el brazo en seductora caricia–. Responderé a tu pregunta si tú respondes a la mía. Con sinceridad.

–Yo no miento –se defendió Elsa.

–Pero hay temas que prefieres no tratar.

Le iba a preguntar por su padre y sus negocios. Tenía que ser eso, porque era lo que a Donato le interesaba, la razón por la que estaba con ella.

Se sintió dolida. Pero Elsa era una chica mayor. Podría soportarlo. Podría compaginar la necesidad de proteger a su familia con la atracción que sentía por Donato.

Sin soltarle el brazo, Donato se echó hacia atrás para apoyarse en el tronco de un árbol enorme. Antes de que Elsa pudiera protestar, la atrajo hacia sí y le rodeó la cintura con los brazos por detrás.

–No, no te muevas –su voz era como un ronroneo al oído–. Relájate.

Se sentía muy bien con el contacto del cuerpo de

Donato en la espalda y sus brazos rodeándola. Elsa se rindió y apoyó la cabeza contra su pecho. Se quedó mirando el follaje que los ocultaba del resto del jardín.

–El huerto no era de mi madre –dijo Donato–. Ella sabía tan poco de plantas como yo. Era de Jack.

–¿Tu padre?

Donato no se movió. El corazón le latía con fuerza detrás de ella.

–No conocí a mi padre. Jack se convirtió en el compañero de mi madre cuando yo tenía seis años.

–Así que era tu padrastro.

Donato deslizó los dedos por los suyos y le acarició la palma de la mano.

–No. Nunca se vio a sí mismo como mi padrastro.

Elsa frunció el ceño. Había algo de recelo en sus palabras.

–¿No te trataba bien?

–Jack era un hombre decente a su manera. Pero no le interesaban los niños. Solo le importaba mi madre –Donato no se molestó ahora en ocultar la amargura–. Me puso a trabajar en cuanto nos fuimos a vivir con él. Me hacía arrancar las malas hierbas mientras él ampliaba el huerto, porque ahora tenía que alimentar tres bocas en lugar de una.

Elsa escuchó y sintió una risa acallada en la espalda.

–¿Qué tiene de gracioso depender de la comida que plantas?

–Yo estaba empeñado en hacer un buen trabajo, impresionarle para que no nos echara. Cuando se dio la vuelta para comprobar lo que había hecho, yo había arrancado la mitad de sus preciosas semillas. Me dijo unas palabrotas que nunca antes había oído.

Elsa se preguntó qué clase de vida habría llevado. Le apretó con más fuerza la mano.

—¿Eso fue lo único que hizo?

—Me obligó a volver a plantar todo lo que había quitado. Luego nos dio una lección sobre plantas a los dos. Ninguno de nosotros distinguía una mata de patata de unas judías.

—Entonces, ¿tu madre también era de ciudad?

—Eso es más de una pregunta —parecía relajado, pero Elsa sintió la ligera tensión de sus músculos—. Ahora me toca a mí.

—De acuerdo —Elsa se preparó para alguna pregunta incisiva sobre los negocios o la ética de su padre—. Háblame de tu trabajo.

—¿Perdona? —giró la cabeza, pero la curva del hombro y del brazo impidieron que le viera la cara.

—Quiero saber en qué trabajas. No tiene sentido fingir que eres como tu hermana, que vive del dinero de papá y pasa de una diversión a otra.

—¡Yo nunca he dado a entender eso!

—Te pregunté directamente si el dinero de tu padre era importante para ti, si te mantenía. Y no me corregiste.

Elsa recordaba aquella conversación que mantuvieron la noche que se conocieron. Ella se sentía fuera de lugar y hacía esfuerzos para que no se le notara. Estaba furiosa y combativa. Más tarde reveló lo menos posible sobre su vida. Era su única defensa.

—Soy enfermera.

—Ah. ¿Por qué no me sorprende?

Ahí estaba. Elsa lo había oído todo de labios de su padre. Todo, desde el aburrido uniforme a la poco glamurosa naturaleza de su trabajo y el bajo sueldo.

—No tengo ni idea. Pero seguro que me lo vas a decir —Elsa trató de apartarse, pero Donato la retuvo.

–No tienes por qué enfadarte –Donato le rozó el pelo con los labios–. No lo sabía, pero tiene sentido. Eres muy segura de ti misma. No te acobardas con nada –le deslizó un dedo por el brazo desnudo–. Te enfadas y eres muy apasionada, pero no puedo imaginarte entrando en pánico.

–¿Segura de mí misma? –Elsa se quedó mirando los pájaros del árbol como si no los hubiera visto nunca antes. Era competente en su trabajo, pero no se sentía segura con Donato.

–Absolutamente. Me pusiste en mi sitio desde el principio. Pero no eres ninguna esnob.

–Soy práctica –su padre había utilizado aquella palabra como un insulto.

–¿Y qué tipo de enfermera eres? –Donato parecía tener un interés genuino.

–De atención comunitaria. Visito a la gente en su casa, sobre todo a personas mayores o que acaban de salir del hospital.

–¿En su casa? –Donato la abrazó con más fuerza–. Eso es peligroso. No sabes con quién puedes encontrarte.

–Tenemos protocolos de seguridad. Y la mayoría de los pacientes son muy frágiles.

–No se trata solo de los pacientes. Cualquiera podría estar allí.

–Puedo cuidar de mí misma, Donato –se giró entre sus brazos y le puso un dedo en la boca antes de que pudiera contradecirla–. Pero te agradezco la preocupación.

En todos sus años de enfermera, nadie de su familia ni sus amigos habían expresado preocupación por su seguridad. Nunca había tenido un protector. Nadie se ocupó de ella desde que su madre y tía Bea murieron. Fuzz y Rob la veían como alguien capaz y eficiente que podía cuidar de sí misma. Y su padre... no le importaba tanto como para preocuparse.

Era una locura. El hombre en el que por lógica no debería confiar era la única persona que se preocupaba por ella.

Capítulo 11

¡VAYA, esto sí que es toda una sorpresa! –la risa de Samantha Raybourne hizo que se giraran las cabezas en el vestíbulo del teatro–. Nunca te imaginé casada, Elsa. Y menos con el soltero más deseado del país.

A Elsa se le congeló la sonrisa. ¿Por qué le había dicho a Donato que quería ver aquella obra? Tendría que haber imaginado que el estreno atraería a gente como la temible Samantha, que en el pasado convirtió su vida en un infierno. Odiaba haberse puesto a sí misma en aquella posición, en la de cómplice de una charada pública.

–Lo que Sam quiere decir es que te da la enhorabuena –dijo la pareja de Samantha. Era tertuliano en un programa de televisión, por lo tanto conocía bien la tensión y sabía cuándo intervenir–. Los dos esperamos que seáis muy felices.

Antes de que Elsa pudiera responder, Donato le pasó la mano por la cintura. Su contacto le recordó la promesa que le había arrancado. Donato evitaría que su padre estuviera todos los días acosándola con los preparativos de la boda y a cambio ella le seguiría la corriente en público. Aunque eso implicara mantener la farsa de que su relación era permanente.

Elsa sintió una oleada de calor. Donato y ella no se iban a casar de verdad, y se estaba volviendo loca tratando de averiguar por qué él permitía que su padre se creyera aquella fantasía. ¿Qué tenía él que ganar? Aquella no era la actitud de un hombre sincero. Y sin embargo, todo lo que había aprendido de Donato indicaba que era recto hasta la médula. Su negativa a explicarse y a acabar con aquella pantomima era un punto negro en su relación.

–Gracias por los buenos deseos –la voz de Donato atravesó la charla que los rodeaba.

Elsa estuvo tentada a soltar la verdad, que el compromiso era una mentira. Pero Donato le había advertido que sin el «compromiso» dejaría de tener relación con su padre. Aquello no era una opción mientras sus hermanos necesitaran que Reg Sanderson devolviera el dinero que se había llevado.

Elsa se había cansado de intentar sacar el tema. Fueran cuales fueran las maquinaciones que se traían Donato y su padre, nada la obligaría a casarse con él. Mientras tanto, solo encontraba alivio en el hecho de que sus amigos de verdad no sabían nada del falso compromiso. Pero la culpabilidad y la frustración la reconcomían.

–No sabía que vosotros os conocierais –murmuró Samantha inclinándose hacia delante para mostrar todavía un poco más de escote.

Elsa sintió una punzada de ira. Si de verdad fuera la prometida de Donato le molestaría muchísimo el modo en que la otra mujer estaba coqueteando con él, charlando sobre la fiesta a la que habían acudido juntos en Melbourne y sonriéndole de modo íntimo.

Pero Elsa solo era su amante temporal.

No le había permitido adentrarse demasiado en su mundo. En cuanto al tiempo que pasaban juntos compartiendo intereses, como las antigüedades, el arte o deportes nuevos para ella como navegar y escalar, a Elsa no le parecían invasivas, solo placenteras.

De hecho, había descubierto con cierta preocupación que todo el tiempo que pasaba con Donato era placentero. Su conexión sexual había crecido para convertirse en algo más complicado.

Elsa parpadeó cuando Samantha se inclinó hacia delante y dijo con sonrisa edulcorada:

—Me aburro muchísimo cuando los hombres hablan de negocios, ¿tú no? —a su lado, sus parejas estaban enfrascadas en una conversación sobre finanzas.

—No, yo no. A mí me resulta interesante —cuando Donato hablaba de sus inversiones le parecía fascinante.

—Pero es que tú siempre has sido muy seria, Elsa. Seria y robusta —los ojos violeta de Samantha, tan artificiales como su sonrisa, recorrieron el cuerpo de Elsa con desprecio—. Eso me recuerda a algo. Corre el rumor de que tu padre le ha encargado a Aurelio tu vestido de novia. ¿Es cierto?

Elsa se encogió de hombros. Prefería fingir naturalidad a pesar del disgusto. No podía creer que su padre hubiera llegado tan lejos como para encargarle su vestido y escoger al diseñador más exclusivo del país. Aquello era una pesadilla. Cuanto antes terminara, mejor.

Aunque, cuando eso ocurriera, Donato y ella seguirían por caminos separados.

Elsa sintió un nudo en el estómago. La idea de que Donato tuviera una nueva amante le subía la bilis a la boca.

—Me sorprende que Aurelio haya accedido a diseñarte el vestido —Samantha había tomado su silencio por un «sí»—. Su trabajo es exquisito, pero prefiere trabajár para clientas más esbeltas que puedan lucir sus increíbles diseños.

Otra vez aquella mirada despectiva por el cuerpo redondeado de Elsa.

—¿Te refieres a mujeres esqueléticas? —Elsa no fingió que no lo había entendido—. No sé. No conozco bien sus diseños.

—Bueno, es normal, no eres el tipo de mujer que él viste.

Las palabras de Samantha abrían viejas heridas. Siempre había hecho sentir a Elsa como un elefante torpe, reforzando la negatividad de su padre. Era demasiado grande, demasiado sosa y demasiado aburrida para resultar guapa o excitante.

—Pero Donato es toda una fuerza de la naturaleza, ¿verdad? ¿Qué son los escrúpulos artísticos comparados con la posibilidad de vestir a su novia, sea cual sea su tamaño?

Donato sintió cómo los músculos de Elsa se ponían tirantes bajo su brazo. Miró cómo Samantha agitaba lánguidamente la mano mientras hablaba con aquel tono impertinente de vestidos y de la talla de Elsa.

Entonces lo entendió y sintió una oleada de furia que le apretó los pulmones. Agarró con tanta fuerza la cintura de Elsa que ella se giró y le dirigió una mirada interrogante.

¿Eran imaginaciones suyas o sus ojos reflejaban dolor? La idea le inquietó. Luego vio cómo su expresión cambiaba y sus labios esbozaban una sonrisa.

Pero no le llegó a los ojos.

—No me importa lo que ese diseñador piense de mi cuerpo —dijo Elsa sosteniéndole a Donato la mirada—.

A él le gusta –dijo apoyándose contra Donato e ignorando a la otra mujer–. ¿Verdad, Nato?

Donato se quedó conmocionado una décima de segundo porque Elsa se las había arreglado para usar el diminutivo con el que solo le llamaba su madre. Y un instante después se dio cuenta de que le gustaba oírlo de labios de Elsa. Quería escucharlo otra vez.

Ella parpadeó y Donato se dio cuenta de que estaba esperando una respuesta. La otra mujer les observaba atentamente con expresión rabiosa.

–¿De verdad tienes que preguntarlo, corazón? –dejó caer la mano y le acarició la cadera–. ¿Cómo iba a mirar a ninguna otra teniéndote a ti? Eres la mujer más sexy que conozco.

–¿A pesar de mis curvas? –su risa sonó natural, pero Donato la conocía bien y sabía que las palabras de la otra mujer le habían afectado. Frunció el ceño al recordar las veces que Elsa había tratado de esconder su cuerpo, como si la incomodara que la viera desnuda.

–Tu cuerpo –dijo con voz firme–, es una obra de arte. Cualquier diseñador estaría encantado de vestirte. Eres una mujer, no un saco de huesos.

Donato fue consciente de refilón del silbido de asombro de la mujer que tenían al lado, pero toda su atención estaba puesta en los abiertos ojos de Elsa. Quería borrar de ellos el dolor y olvidar la punzada de culpabilidad por haberla convertido en blanco de aquella bruja debido a su insistencia en continuar con la farsa del compromiso. Pero no podía abandonar ahora que estaba tan cerca de llevar a Sanderson a la ruina.

Donato bajó la cabeza y la besó en la boca.

–No –susurró ella–. El entreacto ha terminado.

Donato miró a su alrededor. El vestíbulo se había

vaciado rápidamente. Elsa estiró la espalda y se dispuso a arreglarse el moño alto, que estaba ahora algo despeinado.

–Déjalo así –gruñó Donato con voz ronca–. Me gusta más.

–Y eso es lo único que importa, ¿verdad? –Elsa sacudió la cabeza y sonrió.

–No, pero es la verdad. Y merezco una recompensa.

Ella entornó la mirada.

–¿Por haber mentido sobre mi cuerpo para salvar mi orgullo?

–No entiendes nada, ¿verdad, cariño? No he dicho más que la verdad. Digo que merezco una recompensa porque voy a llevarte a ver la segunda parte de la obra en lugar de devorarte aquí mismo, que es lo que quiero hacer –Donato aspiró con fuerza el aire–. Vas a demostrarle a esa bruja y a todos los de su calaña que sus insultos te importan un bledo porque eres superior a ella en todos los sentidos.

Elsa parpadeó y le temblaron los labios.

–No hace falta que finjas conmigo, Donato.

Su expresión rompió algo en el interior de Donato a lo que no le pudo poner nombre.

–Nuestra situación no es sencilla, Elsa, pero esto es real. Eres la mujer con la que quiero estar –aspiró otra vez con fuerza el aire y se estiró la chaqueta–. Y ahora entra conmigo antes de que cambie de opinión y te lleve a la cama más cercana.

–¿Seguro que estás bien, Elsa? Sé cómo es papá cuando quiere algo. Nunca le había visto tan alterado como el último día que estuve en Sídney.

Elsa escuchó el estremecimiento de su hermana a través del teléfono. A pesar de su situación privilegiada de hija favorita de su padre, ella también había sufrido a Reg Sanderson. Como todos. Pero aquello era algo que los tres hermanos habían aprendido a guardarse para sí mismos. A poner una buena cara en público y ocultar lo que sentían.

Elsa miró más allá del precioso jardín de Donato hacia las oscuras aguas del Pacífico.

—Ahora no me molesta —Donato se había encargado de ello. A pesar de la preocupación de Elsa por el falso compromiso, era maravilloso no tener que lidiar con su padre.

—Tienes que tener cuidado. Papá está desesperado, empeñado en lo del matrimonio. Y yo no podría casarme con un desconocido ahora que tengo a Matthew. Lo siento mucho, hermana. Estás metida en este lío porque salí huyendo para no enfrentarme a ese tal Salazar.

Fuzz exhaló un fuerte suspiro.

—Ojalá fuera tan fuerte como tú. Siempre quise tener tu determinación, pero soy débil.

Elsa se dejó caer en una silla.

—No confundas ser mundana con ser débil. Lo que pasa es que yo nunca quise cumplir con lo que se esperaba de mí y tuve que buscar mi propio camino.

—Ojalá yo lo hubiera hecho antes. Alejarme de él ha sido lo mejor que he hecho en mi vida.

Elsa se apartó de la cara el pelo que se le había salido de la coleta.

—Me alegro de que lo hicieras, Fuzz. Te mereces esta oportunidad. Y Rob también.

—¿Eso crees? —su hermana hizo una pausa—. No merezco que libres mis batallas por mí, pero no renunciaré a Matthew por un exconvicto que quiere impresionar a papá.

—¡Es mucho más que un exconvicto! O que uno de los tiburones con los que se suele relacionar papá.

Las palabras de Elsa fueron seguidas de un silencio.

—¿Seguro que estás bien, hermana? Si me necesitas volveré. No tienes por qué hacer esto sola.

Elsa parpadeó. ¿Fuzz acudiendo en su ayuda? Sí que había cambiado.

—No, quédate allí. ¿Ha llegado el dinero? Papá me prometió que devolvería el de Rob.

—Algo. Lo suficiente para continuar con las reparaciones. Pero todavía falta una buena cantidad. Sin eso, el resort está condenado.

Como Elsa había sospechado, su padre no tenía ninguna prisa en devolver todos los fondos de los que se había apropiado.

—Encontraré la manera de que lo devuelva —hasta entonces estaba atrapada, se negaba a seguir adelante con un matrimonio amañado pero tampoco podía retirarse completamente por temor a que Rob no volviera a ver su dinero.

Y mientras tanto disfrutaba de la más intensa y maravillosa relación de su vida con un hombre con el que se negaba a casarse.

Nunca se casaría para engrasar las ruedas de los planes de su padre. Aunque Donato fuera el único hombre por el que había sentido algo así. Estaba a punto de rendirse e irse a vivir con él. Porque quería estar a su lado, no por las maquinaciones de su padre.

—¿Puedes conseguir que papá devuelva el dinero? —la voz de su hermana encerraba esperanza y miedo.

—No te preocupes, Fuzz. Me necesita para conseguir su objetivo. Me las arreglaré para que Rob consiga su dinero y tú puedas quedarte con Matthew.

Se escucharon unos pasos en el pavimento. Era Donato, que la estaba observando. ¿Habría escuchado algo?

–Tengo que irme –Elsa se dio la vuelta y bajó la voz–. Gracias por llamar y por la propuesta de regresar... significa mucho para mí –sintió un nudo en el estómago.

Los hermanos Sanderson habían encontrado cada uno su modo de lidiar con su padre. El de Fuzz había sido centrarse en sí misma.

–De acuerdo. Pero recuerda que si me necesitas puedo estar allí en un día.

Elsa se despidió y colgó el teléfono. Estaba enternecida por la preocupación de su hermana. Porque le había ofrecido regresar. Porque Elsa sentía un lazo con ella que no había sentido en años. Con Rob sí, pero no con su hermana. Elsa siempre había vivido a la sombra de la brillante personalidad de Fuzz. Nunca se le hubiera ocurrido pensar que su hermana quisiera ser como ella.

Capítulo 12

V A TODO bien?
Donato se puso al lado de Elsa y ella tuvo una atractiva visión de sus poderosas manos y las musculosas piernas enfundadas en los vaqueros. Se puso de pie. Las revelaciones de su hermana la habían dejado impactada y necesitaba tiempo para digerirlas, además de para pensar en cómo recuperar el resto del dinero de Rob.

Pero le costaba trabajo pensar con claridad con Donato tan cerca.

–Por supuesto. Todo va fenomenal.

Sintió una punzada de mala conciencia. Se había distraído de su propósito. Se suponía que debía estar ayudando a sus hermanos. Pero llevaba varias semanas muy ocupada explorando la pasión y el placer con Donato. Ya era hora de volver al camino y de enfrentarse a su padre.

–Hay algo que te preocupa.

Elsa se puso tensa. Estaba muy unida a Donato ahora, su instinto la llevaba a compartir sus problemas con él.

Pero él era parte del problema. Su padre insistía en que devolvería el dinero después de la boda. Y mientras tanto, Elsa se acostaba con Donato, no porque se sintiera coaccionada, sino porque le deseaba como no había deseado nunca a ningún hombre.

Se frotó la frente.

—Tengo que solucionar unos asuntos.

—¿Asuntos familiares? ¿Tienen algo que ver con tu hermano? —Donato se le acercó más y la miró fijamente—. ¿Con el dinero?

Elsa echó la cabeza hacia atrás. Donato había escuchado la conversación.

Volvió a sentir el impulso de contarle sus preocupaciones. Pero si desvelaba que su padre había robado a su propio hijo dinamitaría su acuerdo con Donato; porque, ¿cómo iba a confiar Donato en un hombre así? Y si el acuerdo no se cerraba, Rob no recuperaría su dinero.

—Era una conversación privada.

A Donato le cambió la cara. Su expresión preocupada dio lugar a otra glacial. Elsa no le había visto así desde la noche en que se conocieron.

—¿No confías en mí?

Elsa debió de imaginar el tono herido, porque Donato nunca se sentía herido. Siempre era fuerte y siempre tenía el control.

Aspiró con fuerza el aire, dividida entre el deber, el deseo y la culpabilidad. La noche anterior él había salido en su defensa. Pero ella no podía contárselo si quería ayudar a sus hermanos.

—Tú no me cuentas todo de tu vida. Te proteges mucho para que nadie se pueda acercar a ti. ¿Y yo me enfado cuando no me dejas entrar?

—No lo sé. ¿Te enfadas? —Donato se le acercó todavía más—. ¿Es eso lo que te molesta? ¿Quieres que te cuente todos mis secretos, tener mi alma además de mi cuerpo y mi dinero?

Aquel inesperado insulto fue como una puñalada. Elsa sintió que le faltaba el aire.

–No quiero tu dinero –susurró apretando los dientes–. Y lo sabes.

¿Cómo podía decir algo así cuando la noche anterior se había mostrado tan cariñoso y tan comprensivo? Nunca se había sentido tan perdida y tan confundida.

–¿Estás segura? –clavó en ella su mirada tormentosa.

Elsa se sonrojó. Donato estaba en lo cierto. Quería que su dinero financiara los negocios de su padre para que Reg Sanderson pudiera devolver el dinero que había robado. Apartó la vista, avergonzada de ser la representante de su padre. No podía decirle a Donato la clase de hombre que era su padre, pero, al guardar silencio, sin duda parecía culpable.

–¿Vas a decírmelo, Elsa?

Ella cerró los ojos para luchar contra la tentación de contarlo todo, de liberar sus preocupaciones. Pero sacudió la cabeza.

–No confías en mí.

Elsa abrió los ojos de golpe. El rostro de Donato se había suavizado. Parecía más decepcionado que furioso.

–Lo siento –Elsa tragó saliva–. No tendría que haber dicho nada. No sé qué me ha pasado.

–Estás preocupada –para su sorpresa, Donato le puso la mano en el brazo y la atrajo hacia sí–. Ven a dar un paseo conmigo.

Ella obedeció. Cuando llegaron a lo alto del acantilado, Donato le dijo:

–No tendría que haber reaccionado así cuando te negaste a contarme tus problemas. Te pido disculpas. Decirte que querías mi dinero ha sido un golpe bajo.

Elsa giró la cabeza. ¿Una disculpa? Le sorprendía de boca de Donato.

—Me gustaría entender qué está sucediendo y tomar mis propias decisiones. Lo nuestro es como un tren fuera de control. Va a toda velocidad, pero no sé hacia dónde ni por qué. Lo único que puedo hacer es esperar y confiar en que todo salga bien —las palabras le salieron sin pensar. Elsa no tenía intención de revelar tanto.

—Te entiendo. Antes yo también odiaba sentirme impotente. Estaba decidido a tomar el control de mi vida y darle la forma que yo quisiera.

—No puedo imaginarte sintiéndote impotente.

Donato soltó una breve carcajada.

—Pues así me sentía, aunque no te puedas hacer una idea.

—No, no me la hago.

—Pero te gustaría hacértela —Donato la miró fijamente.

Elsa asintió.

—¿No te basta con que compartamos nuestros cuerpos y todo nuestro tiempo, que conozcas mis gustos en cine y deportes, en política y en todo lo que quieras saber?

Elsa se giró para apoyar las manos en el muro de piedra que había en lo alto del acantilado y buscó las palabras adecuadas. Había compartido con Donato más que con cualquier otro hombre. Pero quería... necesitaba más.

—Tú conoces a mi padre —dijo finalmente—. Sabes dónde crecí. También te he hablado de mi trabajo. Lo único que yo sé de tu pasado es lo que busqué en Internet la noche que nos conocimos y lo poco que me has contado de Jack. ¿Es un delito querer conocerte mejor?

Donato apretó los labios y apoyó la espalda en la pared de piedra con la mirada clavada en el horizonte.

–Quiero conocerte, Donato –insistió ella armándose de valor–. Y creo que eso pasa por comprender tu pasado. Pero, si no quieres hablar de ello, lo respeto.

Él no la miró, se limitó a aspirar con fuerza el aire.

–Nací en Melbourne. Nuestro piso era muy pequeño y yo jugaba dentro de casa o en los callejones. Vivía con mi madre, nunca conocí a mi padre.

–Eso debió de ser duro –cierto que ella habría sido más feliz sin tener a su padre, pero no era el caso de todo el mundo.

Donato tenía tanta tensión en los hombros y en los brazos que Elsa estuvo a punto de abrazarle, pero se contuvo. Entonces, él se giró y le dirigió una mirada que la dejó clavada en el suelo.

–Más duro de lo que puedas imaginar. Mi madre era prostituta. No sabía quién era mi padre ni quería saberlo.

Elsa parpadeó, conmocionada.

–Al parecer, cuando los dueños del burdel se enteraron de que estaba embarazada fue demasiado tarde para abortar. Ella lo ocultó el mayor tiempo posible porque, por extraño que parezca, quería tenerme –la sombra de una sonrisa cruzó por el rostro de Donato–. Creía que un bebé era una bendición. Afortunadamente, resultó que a algunos clientes les gustaban las embarazadas, así que pudo seguir trabajando.

–¿Tu madre te contó todo eso? –Elsa no pudo disimular el horror.

Donato negó con la cabeza.

–La oí hablando de ello cuando fui más mayor. Cuando yo tenía seis años, Jack nos llevó fuera de la ciudad. Era cliente de mi madre y se había enamorado de ella. Accedió incluso a llevarme a mí también. Vivimos con él durante años en una casa vieja con una huerta atrás.

Elsa lo miró fijamente.

—¿Tu madre estaba enamorada de él?

La expresión de Donato venía a decir que le parecía extremadamente ingenua.

—Tenía un trabajo estable y no era violento. Se preocupaba por ella y estaba dispuesto a aceptarme a mí también —hizo una pausa—. Si supieras cómo eran nuestras vidas antes, entenderías lo precioso que era eso.

Elsa asintió en silencio.

—¿A ti te caía bien?

—Protegía a mi madre. Y nos dio una vida normal durante años. Yo iba al colegio, él trabajaba y mi madre cocinaba y limpiaba. Ella sonreía mucho. A veces incluso la escuchaba cantar —la expresión de Donato se suavizó—. Era preciosa, ¿sabes? Pero la vida la había desgastado. Cuando vivíamos con Jack floreció.

—Parece un buen hombre —Elsa confiaba en que lo fuera.

Donato se encogió de hombros.

—Tenía la mecha corta y un concepto desfasado de la disciplina, pero nunca le puso a mi madre la mano encima. Murió cuando yo tenía doce años y todo cambió.

—¿Qué sucedió?

—No había hecho testamento y la casa fue para su hermana. Mi madre y yo nos quedamos en la calle y ella volvió a ejercer la prostitución para mantenernos. Los servicios sociales se enteraron y me llevaron con ellos —Donato apretó las mandíbulas—. No me gustaba el sistema de acogida, no duraba mucho en ninguna familia porque siempre salía huyendo para ir a buscar a mi madre. Me gané fama de ser difícil.

Elsa trató de imaginarse a Donato a los doce años, separado de su madre por primera vez. Por supuesto que saldría corriendo a buscarla.

Buscó su mano en el muro de piedra y él se dio la vuelta sobresaltado.

—Es demasiado tarde para la compasión, Elsa. Yo era un chico duro y eso fue hace mucho tiempo —pero no retiró la mano.

—¿Dónde está ahora tu madre? ¿En Melbourne?

—Está muerta. Por culpa de la paliza de un cliente —su voz destilaba veneno—. Murió unos días más tarde por las lesiones.

—Oh, Donato, cuánto lo siento —Elsa le apretó la mano. Recordó lo perdida que se había sentido cuando murió su madre. No podía ni imaginar el dolor de perder a alguien como resultado de un crimen violento—. ¿Cuántos años tenías?

—Era adolescente —la mano de Donato se puso tensa bajo la suya—. Pero le seguí la pista al ver que la Policía no tenía pruebas suficientes para condenarle. Hice que pagara por ello.

—¿Por eso fuiste a la cárcel? ¿Encontraste al hombre responsable de la muerte de tu madre?

Donato asintió. Elsa hizo un esfuerzo por asimilar toda aquella información. Y ella que pensaba que había tenido una infancia difícil...

—¿Volviste a encontrarle cuando saliste de la cárcel?

Él negó con la cabeza.

—Aprendí muchas cosas entre rejas. Entre otras, que no quería cumplir cadena perpetua por asesinato. En cualquier caso, cuando salí, supe que había muerto en un accidente de coche.

Elsa sintió un profundo alivio.

—La cárcel te cambió la vida.

—Completamente. Me di cuenta de que la educación era la clave para mí. Junto con el trabajo duro y la disposición a correr riesgos.

—Es impresionante todo lo que has conseguido —pero Elsa no estaba pensando en el éxito económico.

—Tuve suerte. Me metí en un programa de reinserción juvenil y se me presentaron varias oportunidades. Aprendí mucho y me dediqué a tomar las riendas de mi vida, a controlarla.

Parecía fácil, pero Elsa imaginó lo mucho que debió de costarle con sus antecedentes penales.

Donato le cubrió la mano con la suya.

—¿Has oído ya suficiente? —a pesar del tono ligero, seguía estando tenso.

—Gracias por contármelo. Yo... —Elsa sacudió la cabeza. Se sentía abrumada, no solo por lo que había escuchado, sino por el hecho de que le hubiera confiado detalles tan íntimos—. No se lo contaré a nadie.

—¿Crees que eso me preocupa? En absoluto —Donato bajó el tono y lo convirtió en algo parecido a una caricia—. Además, te conozco, Elsa. Eres demasiado íntegra como para andar cotilleando sobre mi vida privada.

¿Íntegra?

Elsa se miró en aquellos ojos y se preguntó si era íntegro ocultarle a Donato el carácter de su padre. ¿No debería al menos advertirle de que Reg Sanderson era baboso como una rata y que no se podía confiar en él?

Capítulo 13

EL CIELO se había oscurecido y el aire estaba cargado con la promesa de una tormenta mientras ellos permanecían abrazados en la cama, saciados de amor. Elsa estaba tumbada encima de él con los labios pegados a su cuello y los senos contra su pecho. Donato disfrutó del contacto de piel contra piel, del cálido peso de Elsa.

Volvió a sentir una punzada de deseo, y también algo más.

Le había costado trabajo compartir con ella su historia porque estaba acostumbrado a guardar silencio. Había formado un equipo con su madre, los dos contra el mundo. Desde que la perdió, Donato había dedicado su vida a mejorar, a cosechar éxito tras éxito. Aquello exigía dedicación, concentración y la capacidad de no dejarse distraer por las mujeres.

Elsa era la primera a la que le contaba su historia, y había esperando recibir shock y disgusto.

Pero a cambio encontró comprensión, simpatía y apoyo. Había sentido su ternura y su preocupación.

–Tenemos que hablar.

Las roncas palabras de Elsa le sorprendieron. Normalmente, lo último que ella deseaba hacer cuando estaban en la cama era hablar.

¿Acaso querría seguir hurgando en su pasado, ahondar en los detalles? Donato se puso tenso al instante.

—¿De qué quieres hablar?

Elsa le puso las manos en el pecho y levantó la cabeza para mirarle. Tenía el pelo revuelto y los labios color de fresa.

Donato la estrechó con más fuerza entre sus brazos. No quería que ningún hombre la viera así. Jamás.

Ella sonrió.

—No hace falta que te pongas a la defensiva. No quiero cotillear.

¿Tanto se le notaba? Donato frunció el ceño.

—De acuerdo, ¿de qué se trata entonces?

A Elsa se le borró la sonrisa de la cara y apartó la vista.

—De mi padre.

Aquello sí que era una novedad. ¿Elsa hablando de su familia, y especialmente de su padre, sin que él la pinchara?

—¿Quieres saber cómo van los planes de negocios? —aquello sería también una novedad. Por lo que él sabía, Elsa no estaba interesada en los negocios de su padre. Al principio pensaba que vivía de su dinero, pero no quería saber de dónde salía. Ahora tenía claro que eran completamente distintos.

—No —Elsa suspiró y alzó la cara. Donato vio la tensión dibujada en sus facciones—. No puedo contarte nada de sus negocios. No sé nada al respecto, y estoy segura de que tus detectives le han seguido la pista a todos sus intereses comerciales.

—Así es.

—Sé que tienes mucho más dinero que él, y supongo que también más capacidad empresarial. Pero hay algo que no sabes. Algo que debes saber.

—¿De qué se trata, Elsa?

Ella le miró a los ojos. Los suyos echaban chispas.

–Si hay algún resquicio, él lo aprovechará. Si puede agrandar su nido a tus expensas, lo hará. Sea cual sea el acuerdo que haya sobre el papel, no confíes en él.

Donato se quedó mirando su expresión de desagrado y empezó a entender.

–No pasa nada, Elsa. Yo tomo mis precauciones. No podrá aprovecharse de mí, el contrato se encargará de que así sea.

–No lo entiendes. No estoy hablando de que intente jugártela para conseguir el mejor acuerdo sobre el papel –Elsa apartó la mirada–. Estoy hablando de que puede romper las normas, incluso la ley. No confíes en él ni un ápice. Utiliza a la gente para conseguir lo que quiere.

Donato leyó el dolor de su rostro y sintió deseos de darle a Reg Sanderson un puñetazo en la cara.

–¿Qué te ha hecho, Elsa? –mantuvo un tono de voz bajo mientras le apartaba el cabello hacia atrás.

–No se trata de mí, sino de ti. Tienes que estar preparado. No comprendo por qué quieres hacer negocios con mi padre, pero mereces saber que te timará y te mentirá y utilizará todo lo que pueda. Si yo fuera tú... –Elsa apartó la mirada–, si yo fuera tú, no haría ningún negocio con él.

–¿Por qué me cuentas esto?

Ella frunció el ceño.

–No eres el hombre que yo pensaba. Eres decente, auténtico y... me importas.

Donato sintió como si le hubieran pegado un puñetazo en las costillas.

¿Cuánto tiempo hacía que no le importaba a alguien?

–¿Puedes darme algún ejemplo? –no lo necesitaba, pero quería saber qué le había hecho Sanderson a Elsa.

Cuando sus ojos encontraron los suyos, tenían el color de un cielo de tormenta.

–Le robó a mi hermano. Rob heredó un dinero de nuestro abuelo y Reg se lo invirtió. Ahora Rob necesita dinero para el proyecto que está haciendo, pero la mayoría de los fondos han desaparecido. Se los robó nuestro padre. Dice que no puede devolver el dinero hasta que haya firmado el acuerdo contigo.

–Y por eso no me habías contado esto antes –ahora las piezas encajaban. Aquello explicaba la disposición de Elsa a seguir la farsa de la boda–. Te tenía agarrada por el cuello.

Elsa trató de apartarse de su lado, pero Donato la sostuvo entre sus brazos. Piel con piel, mirándose a los ojos, aquella era su oportunidad para descubrir todo lo que necesitaba saber.

–Al principio pensé que no importaba. Pensé que eras como él.

Donato torció el gesto ante la idea y Elsa le deslizó los dedos por la boca en suave caricia.

–Pero no lo eres, ¿verdad?

Antes de que a él se le ocurriera alguna respuesta, Elsa continuó.

–Eso me ha estado carcomiendo. Me sentía culpable por no haberte contado cómo era de verdad. Hoy, cuando me contaste lo de tu madre... ¿cómo iba a pedirte que compartieras eso y no advertirte?

–¿Así que esto es *quid pro quo*? –su tono molesto encerraba confusión. Llevaba todo el día inquieto por la calidez con la que Elsa había respondido a su historia.

Ella se puso tensa y alzó la barbilla.

–Si quieres verlo así...

–No quería decir eso –Donato le deslizó el dorso de los dedos por las suaves mejillas–. Te agradezco que me lo hayas contado. Pero no supone ninguna diferencia. Ya lo sabía.

Seguramente sabía más cosas de su padre que la propia Elsa. Se dio cuenta entonces de que revelar la enormidad de los delitos de Sanderson tendría repercusiones para Elsa. ¿Cómo reaccionaría?

—¿Vas a seguir haciendo negocios con él?

—Oh, sí —Donato sintió una punzada de satisfacción—. Pero con un cambio. Me aseguraré de que tu hermano consiga su dinero.

Ver la luz en los ojos de Elsa fue como presenciar un amanecer en el mar. Ella le hacía sentir un hombre distinto. Un hombre capaz de creer en cosas que nunca esperó.

—¿En serio? —preguntó ella con gran asombro—. Pero eso no es responsabilidad tuya.

—Ahora quiero que lo sea.

Ella sonrió entonces de oreja a oreja y aquel gesto provocó en Donato un escalofrío de placer y de alivio.

Así que podía hacer cosas por ella. Podía hacerla feliz y al mismo tiempo vengarse de su padre.

—No sé qué decir.

—No digas nada.

—Gracias, Donato —Elsa le tomó el rostro entre las manos y lo miró a los ojos—. Esto significa mucho.

—Bien. Tal vez puedas mostrarme cuánto.

Donato disfrutó de su aprobación y apartó de sí la certeza de que había utilizado a Elsa para sus propios fines. Que ella se merecía conocer toda la verdad. Ya la compensaría. Y en cuanto a la verdad, se desvelaría muy pronto. Seguramente, demasiado pronto para Elsa y sus hermanos.

Le pasó la mano por la delicada curva de la espalda. Le resultaba mucho más fácil perderse en la pasión que analizar aquellos sentimientos nuevos y perturbadores.

Capítulo 14

ELSA leyó la nota y no reconoció la letra de su padre. Nunca le había escrito tarjetas de cumpleaños ni de Navidad, pero aquellos trazos fulminantes solo podían ser suyos.

Es urgente... el diseñador insiste en conocerte para probarte el vestido. Solo ha accedido a trabajar en esto por el perfil de Salazar. Exige que estés aquí el viernes a las tres de la tarde. No hay tiempo para jueguecitos egoístas.

La carta se convirtió en una bronca y Elsa sintió que el estómago vacío le daba un vuelco. Arrugó el papel y lo dejó caer. Gracias a la intervención de Donato, llevaba semanas sin tener contacto con su padre, y casi había olvidado cómo la hacía sentirse. Ahora tenía escalofríos, como si alguien le hubiera tirado por encima un cubo de agua helada.

Elsa se giró hacia la enorme bolsa que la doncella había dejado colgada en el vestidor de Donato. No quería mirar. Sabía que sería un error. No habría boda. Pero... no pudo resistir echar un vistazo al vestido que había creado para ella el mejor diseñador del país.

Le quitó las envolturas y dio un paso atrás.

¿Aquel era el vestido que el reputado Aurelio había diseñado? ¿Había concebido aquello basándose en la

ropa que había dejado en casa de su padre la noche de
la fiesta?

Elsa se estremeció al pensar que alguien que trabajaba con las telas más finas hubiera medido y obser-
vado la camisa y los pantalones de su uniforme.

Aquello tenía que ser una broma.

Y sin embargo, estaba hipnotizada ante el vestido
largo de novia. No tenía tirantes y era ajustado a la cintura para marcar la figura de reloj de arena. Los contor-
nos femeninos quedaban acentuados por un fumigado
de purpurina que iba de un pecho hasta la rodilla. A pesar de ser ajustado, tenía una falda con vuelo que con-
vertía al vestido en un traje de novia de cuento de hadas.

Elsa contuvo el aliento.

Aquel vestido no era ella. Era ostentosamente femenino y elegante. Encantador.

Sí, ciertamente se necesitaba algo de peso para sostener un vestido semejante. Ella tenía sin duda el peso,
pero nada más.

Nunca se pondría un vestido así. Aunque fuera a
casarse, que no era el caso. Apartó con brusquedad de
su cabeza la idea de que Donato y ella fueran una pareja de verdad.

Sintió un miedo atávico al levantar la mano. ¿Daría
mala suerte probarse un vestido de novia para una boda
que no se iba a celebrar?

La curiosidad pudo más que ella. Nunca tendría otra
oportunidad de probarse un diseño original.

Diez minutos más tarde estaba con el pelo recogido
y los brazos apartados del cuerpo para no manchar la
seda que la envolvía, suave como la mantequilla. Era
una tela resbaladiza y fina y, si no supiera que era imposible, pensaría que el camino del pecho a la rodilla

no estaba hecho con cuentas, sino con pequeños diamantes.

El vestido era demasiado largo al estar descalza y le quedaba un poco grande. Pero, de todas maneras, estaba...

—Estás impresionante, cariño. Preciosa —aquella voz la rodeó y le hizo temblar las rodillas.

Se encontró con los ojos de Donato a través del espejo y sintió que el suelo se movía. Sin duda se debía a un seísmo, no al impacto de su mirada índigo.

A Elsa se le aceleró el pulso y se le secó la boca mientras su mente trataba de creer lo que veían sus ojos.

No quería darse le vuelta porque sabía que en realidad aquella mirada sería de sorpresa y de deseo. Y sin embargo, a través del espejo, su tonto corazón imaginó que en el rostro de Donato había algo más que deseo. Imaginó ternura, afán de posesión y algo todavía más profundo. Algo parecido a lo que ella sentía.

Había luchado contra ello durante semanas, contra la certeza de que quería algo más que sexo y compañía de Donato. Que le importaba mucho más de lo que debería.

Que se había enamorado completamente de él.

Donato avanzó muy despacio, devorándola con los ojos. Ella no se dio la vuelta. Allí, lejos de la brillante luz de la ventana, podía continuar con la fantasía de que Donato sentía lo mismo que ella.

—Es solo por el vestido —gimió.

Se sentía más vulnerable con aquel traje de novia que desnuda. La seda blanca, la personificación de todas las fantasías infantiles que nunca se había permitido tener, habían sido más fuertes que ella. Tenía las emociones a flor de piel y le costaba trabajo ocultarlas.

Pero el modo en que Donato la trataba, la ternura,

cómo había empezado a abrirse a ella... todo hacía que tuviera esperanza.

Donato se detuvo a su espalda.

—No es el vestido. Eres tú. Eres preciosa.

Elsa apartó finalmente la vista. Ya era suficiente.

—No tendría que habérmelo puesto. No quiero estropearlo. Pero tenía curiosidad. Lo devolveré ahora mismo.

—¡No! Déjalo.

Elsa giró la cabeza y volvió a cruzarse con su mirada en el espejo.

—¿Por qué? No puedo quedármelo —deslizó la mano por la tela suave como el pétalo de una rosa—. Se lo diré a mi padre.

—No.

La voz de Donato sonó tan decidida que ella se dio la vuelta para mirarle. Al verle cara a cara vio la tensión de sus facciones. Una tensión mucho mayor que la propia de verla vestida de novia.

—Tengo que hacerlo, Donato, ¿no lo entiendes? Él sigue adelante con esa ridícula idea de la boda. Alguien tiene que detenerle —aspiró con fuerza el aire—. Si no lo haces tú, lo haré yo.

Pero Donato sacudió la cabeza.

—La boda sigue adelante. No se va a cancelar nada.

Elsa se lo quedó mirando fijamente. Ya habían dejado aquello atrás. Donato iba a ayudar a Rob. Ahora no había nada que temer. Ya no había necesidad de seguir fingiendo.

A menos que no estuviera fingiendo.

¿Y si Donato quería de verdad casarse?

¿Y si se había enamorado, igual que ella?

La idea desapareció con la misma rapidez con la que llegó. Elsa se dijo que sus fantasías no ayudaban.

Pero al mirar el rostro ensombrecido de Donato no pudo evitar preguntarse...

Llamaron con los nudillos a la puerta del dormitorio.

–Disculpe, señor –era la doncella de Donato–. Tiene una llamada urgente.

–Enseguida voy –Donato no apartó la mirada de Elsa. Cuando dejaron de escucharse los pasos volvió a hablar–. La boda sigue adelante, Elsa. No le digas nada a tu padre.

Donato recorrió arriba y abajo el despacho con el teléfono en la oreja. Debería sentirse triunfal por las últimas noticias. Muy pronto, los negocios de Sanderson, sus finanzas y su reputación dejarían de existir.

–Excelente. Lo has hecho muy bien –pero las palabras le salieron roncas. Le faltaba el aire.

Ya no estaba tan absorto en la venganza y en la caída de Sanderson. Escuchó distraídamente el resto del informe de su gerente. Tenía la cabeza puesta en Elsa.

En la hermosa Elsa, que estaba impresionante con aquel vestido de novia. Como una princesa esperando en el altar al príncipe azul.

Donato se abrió otro botón de la camisa y trató de calmar la angustia que tenía en la garganta. Al ver a Elsa en todo su esplendor se había sentido dividido entre reclamarla como suya y la certeza de que no podía ser su hombre. El abismo entre ellos nunca había sido tan obvio.

Nunca había pensado en casarse. Aquellas ensoñaciones que la mayoría de la gente tenía: alguien a quien amar, con quien formar una familia, nunca habían sido para él. Siempre le parecieron fuera de su alcance.

Sí, podría haberse casado. Pero las mujeres que había conocido no eran como pasar toda una vida a su lado.

No como Elsa.

Se le nubló la mente al caer en la cuenta de algo.

Con Elsa quería cosas con las que nunca se había permitido soñar.

Tal vez tuviera poder, dinero y una determinación que le había mantenido centrado durante años. Pero, por primera vez en su vida, cuando estaba a punto de alcanzar la meta que le había mantenido con vida en prisión y desde que salió, quería lo que nunca podría tener.

A Elsa.

Se pasó la mano por la cara.

Podría tener su cuerpo.

Podría contar con su compañía, su risa y sus sonrisas durante un corto periodo de tiempo. Pero nada más.

Él era un solitario que había nacido de una transacción comercial.

Y Elsa... ella lo deseaba ahora. Deseaba su pasión. Pero a la larga también querría el matrimonio. El vestido blanco. La familia. La vida tranquila. El marido cariñoso.

El amor.

Todas las cosas que le eran ajenas a Donato. Todas las cosas que su nacimiento y su vida le habían negado.

Dejó escapar una carcajada amarga. ¿El exconvicto convertido en marido ideal? Lo dudaba mucho. Y cuando Elsa descubriera lo que estaba haciendo realmente con su padre...

No quería a Sanderson, pero seguía siendo su padre. Nunca perdonaría al hombre que le había destruido. Y en cuanto al hecho de haberla utilizado para llevar más lejos su plan de venganza...

–Lo siento, Donato –su mano derecha estaba al otro lado de la línea–. No te he oído eso último.

Donato se detuvo frente a las puertas de cristal que daban a la terraza y clavó la vista en el horizonte.

–Los planes han cambiado. Vamos a adelantar la fecha. Olvídate de esperar a final de mes –aspiró despacio el aire. Antes habría saboreado aquel momento. Ahora solo quería acabar cuanto antes–. Quiero que todo termine hoy. Sí, eso he dicho. Hoy. Luego te llamo –colgó.

¿Se debía aquella inquietud a que estaba muy cerca del triunfo? Debería estar sintiendo satisfacción en lugar de aquella sensación de anticlímax.

En cuanto a sentirse vacío... eso podría arreglarlo con algún proyecto nuevo. Se había entregado con tanto esfuerzo durante tanto tiempo a aquello que la idea de no tener nada en perspectiva le resultaba ajena.

Torció el gesto. ¿A quién quería engañar? Siempre había estado mirando desde fuera. No había permitido que le molestara que la gente que tenía miedo de su pasado levantara las cejas ni guardara de pronto silencio cuando él entraba en una habitación.

No le había importado porque no quería formar parte de ellos.

Hasta ahora. Cuando finalmente, en las peores circunstancias posibles, había vislumbrado lo real, la auténtica pasión con una mujer que, por primera vez en su vida, le hacía sentirse completo.

–¡Donato!

Se dio la vuelta y vio a Elsa en el umbral de la puerta, todavía vestida de novia y jadeando. Sostenía el traje con una mano para abrirse camino entre los sofás y acercarse a él.

–¿No vas a decir nada?

–¿Perdona?

–¿Perdona? –se lo quedó mirando como si tuviera monos en la cara–. ¿Eso es lo único que se te ocurre? Esto parece una broma. Anuncias tranquilamente que la boda sigue adelante y luego te marchas a toda prisa para atender una llamada.

Donato deslizó la mirada hacia el escote del traje de novia. Unos centímetros más y...

–¿Me estás escuchando siquiera?

–Por supuesto que sí. Pero, ¿no crees que sería mejor tener esta conversación cuando te cambies?

Elsa apretó los labios.

–Ese es el problema. No me puedo bajar la cremallera. ¿Me ayudas?

Se dio la vuelta y le presentó sus pálidos hombros.

Estaba preciosa, y más todavía cuando echó la cabeza hacia delante y se levantó el pelo. La acción dejó al descubierto la dulce curvatura del cuello.

Donato soltó muy despacio el aire y se aseguró a sí mismo que podía bajar la cremallera del vestido y quedarse ahí. La conciencia le dictaba que seducirla con el traje de novia sería un error. Se lo pondría algún día, cuando encontrara al hombre adecuado.

–¿Donato? Necesito que me ayudes. ¿Qué estás haciendo?

Él se acercó, le pasó un brazo por la cintura y la atrajo hacia sí.

Elsa contuvo un gemido de sorpresa y se apoyó contra él. Con mucho cuidado para no pisarle la falda del vestido, dio un paso atrás. Subió las manos a la cremallera.

–Donato, tenemos que hablar.

–Lo sé –murmuró él con voz triste. Aquello sería el final. En cuanto Elsa supiera...

–Ya está –bajó la cremallera. En lugar de detenerse tras un centímetro la siguió bajando, disfrutando del modo en que dejaba al descubierto la espalda.

Se inclinó y le dio un beso en la piel desnuda, aspirando el dulce aroma a flores.

Elsa se apartó con gesto ofendido. Ahora necesitó las dos manos para mantener el vestido arriba. Alzó la barbilla y le miró con desconfianza.

–No creas que podrás distraerme con esto. No puedes decirme que va a haber boda y luego marcharte como si nada. ¡Según la nota de mi padre, la fecha de la boda está fijada para dentro de unas semanas! Seguramente habrá enviado invitaciones, reservado el banquete y todo lo demás. Tengo que hacer que lo cancele. Esto ya ha durado demasiado.

–Tienes razón.

Capítulo 15

ELSA observó el rígido rostro de Donato y sintió un escalofrío por la espina dorsal. Había vuelto a recluirse tras aquella expresión que ella tanto odiaba. Hacía mucho que no la veía, y le asustaba.

—¿Por qué no quieres que le diga que no habrá boda? Sin duda, tu juego ya ha terminado.

Incluso había accedido a asegurarse de que Rob recuperaría su dinero.

Donato apretó las mandíbulas. Volvió a convertirse ante sus ojos en el hombre que había conocido en la fiesta de su padre.

No, ni siquiera eso. Allí, al menos, a pesar de sus aires de superioridad, había calor en su mirada y una chispa de humor.

El hombre que estaba mirando ahora parecía muerto por dentro. Elsa tragó saliva y sintió ceniza en la lengua.

—Donato, ¿qué pasa? Me estás asustando —antes no lo habría admitido nunca, pero entonces era su enemigo. Ahora era mucho más.

—¿Por qué no te cambias? Después hablaremos —Donato miró hacia el carrito de bebidas que apenas usaba y Elsa sintió que se le partía el alma. ¿Tan terrible era la verdad que necesitaba alcohol para lidiar con ella?

—Prefiero hablar ahora —Elsa tomó asiento en un sofá sobre las faldas de seda del vestido—. Me has estado ocultando algo, ¿no es así? Por favor, dímelo de una vez. No puedo seguir aguantando la incertidumbre.

—Si insistes —murmuró Donato con voz grave—. De todos modos, ya casi ha terminado.

—¿Qué ha terminado?

—La destrucción de tu padre —Donato la miró a los ojos.

Sus ojos parecían más negros que índigo. Y fríos. Tanto que Elsa se acostó contra los cojines.

—¿Destrucción? —la palabra le quemó la lengua mientras su cabeza daba vueltas—. ¡No! No puedes estar diciendo que...

No podía creerlo. Donato no era un hombre violento. Ya no. Apasionado, sí. Y de carácter fuerte. Pero no violento. Había aprendido de su pasado.

—¿Qué le has hecho? —le preguntó mirándole a los ojos.

—Le he arruinado.

Elsa se dejó caer hacia atrás otra vez y se llevó la palma al acelerado corazón. Sabía que Donato no podía hacerle daño físicamente a su padre, y sin embargo sintió un gran alivio, tanto por él como por su padre.

—¿No tienes nada que decir, Elsa? —Donato tenía un aspecto fiero, casi agresivo.

—Estoy esperando a que te expliques —respondió ella con un nudo en estómago.

—A final del día, Reg Sanderson no tendrá nada. El proyecto que estábamos negociando seguirá adelante sin él —Donato alzó la barbilla—. También he adquirido varias empresas en las que tu padre tiene intereses. Será declarado en bancarrota, y sus acreedores y amigos no se lo perdonarán. Lo perderá todo, incluida la casa, los coches de lujo y el barco.

Aunque pudiera parecer extraño, Elsa no se sintió

tan asombrada como debería. Su padre siempre había vivido al filo, invirtiendo en negocios que otros empresarios evitaban.

–Viniste a Sídney para destruirle –no era una pregunta. Tendría que haberlo visto desde el principio si se hubiera tomado el tiempo de observar. La velada impaciencia que Donato mostraba hacia su padre era algo más que un aire de superioridad.

–Sí.

Elsa tragó saliva y se revolvió en el asiento, preguntándose qué más no habría notado.

–¿Y el dinero de mi hermano Rob? ¿Eras sincero cuando dijiste que se lo devolverías o se ha perdido para siempre?

Donato alzó las cejas.

–Dije que lo haría. El dinero ya está en su cuenta.

–Lo siento –Elsa sintió una oleada de alivio–. Pero tenía que saberlo.

–Lo entiendo. Creciste con un hombre en cuya palabra no se puede confiar.

Elsa se quedó mirando la expresión de absoluto desprecio de Donato. Odiaba realmente a su padre.

–¿Qué tengo que ver yo en todo esto? –preguntó alzando una mano–. ¿A qué venía lo de la boda?

Donato le sostuvo la mirada durante un largo instante. Demasiado largo para el gusto de Elsa.

–En parte era una distracción. Mantenía a tu padre ocupado y así no se daba cuenta de nada más.

–¿Y por otra parte? –Elsa sintió que se le erizaba el vello de la nuca. Estaban hablando de ella, no de un plan financiero.

–Era el toque final que sellaría su caída –pero no había satisfacción en los ojos de Donato–. Animé su plan de celebrar una fastuosa boda. Debe de haber gastado el poco crédito que le quedaba en los preparativos. Su posición social quedará destruida cuando la boda se cancele.

–¡Y también los proveedores se quedarán sin blanca! –el plan era indignante a todos los niveles. Pero entonces captó la expresión de Donato–. Tenías un plan para eso, ¿verdad? ¿Qué ibas a hacer? ¿Pagarles tú cuando mi padre no pudiera?

–Algo así.

Elsa imaginó que aquel coste no suponía nada para un hombre de su riqueza. Pero no se trataba solo de dinero.

–¿Cuándo ibas a cancelarlo, Donato?

Él le mantuvo la mirada.

–Lo más tarde posible.

Elsa asintió.

–Para causar el máximo impacto.

Por fin empezaba a entenderlo. Donato no solo quería dejar a su padre sin dinero. Quería dejarle también sin reputación, sin orgullo. Ella se había visto atrapada en el plan. Había sido un daño colateral.

Sintió un dolor profundo, más de lo que nunca creyó posible. No solo por lo que Donato le había hecho a su padre, sino egoístamente por lo que le había hecho a ella.

Elsa pensaba que quería estar con ella por ser ella.

No le resultó fácil arrastrar tantos metros de seda, sobre todo con una mano colocada en el corpiño, pero Elsa se las arregló para hacerlo.

–¡Me has utilizado! –le lanzó aquellas palabras mientras se le acercaba–. Me has convertido en objeto de burla –no era la humillación pública lo que le dolía, sino la desilusión íntima. Se le nubló la vista al darse cuenta de lo mucho que había confiado en él.

—Elsa...

—¿Cuál era el plan, Donato? —la furia le ardía como aceite hirviendo bajo la piel—. ¿Dejarme plantada en el altar? ¿Eso te habría hecho sonreír?

—¡No! —Donato parecía asombrado de verdad—. No ibas a casarte conmigo. Siempre has dicho que no lo harías.

Elsa contuvo el aliento.

—Eso no excusa el hecho de que me hayas utilizado, Donato. Como pensabas utilizar a Felicity —le tembló la voz—. No sé qué rencilla tienes con mi padre, pero, ¿de verdad nos merecemos esto?

—Yo no quería hacerte daño, Elsa —Donato tenía las manos a los lados y mantenía las distancias—. Y lo sabes. Iba a encontrar la manera de compensarte.

—¿Y cómo pensabas hacerlo? ¿Con dinero? ¿Por eso vas a devolverle el dinero a Rob? ¿Por los servicios prestados? —las palabras se le quedaron atrapadas en la garganta, y por un momento pensó que se iba a ahogar con ellas.

—Elsa —Donato se acercó finalmente a ella. Pero era demasiado tarde. Elsa extendió la mano para impedirle avanzar.

—¿Por qué le odias tanto? Esto no son negocios. Esto es...

—Venganza. Por lo que le hizo a mi madre.

Elsa contuvo el aliento.

—Agrediste al hombre que mató a tu madre. ¿No estarás diciendo que...?

—¿Que Reg Sanderson tuvo algo que ver con eso? —Donato sacudió la cabeza con expresión grave—. No. Aunque podría haber sido así.

—No lo entiendo. ¿Mi padre conocía a tu madre? —Elsa frunció el ceño.

Donato suspiró y se pasó la mano por el pelo. No parecía un hombre que estuviera celebrando el éxito de sus planes.

–Dudo que la conociera. Para él solo era mercancía –Donato se giró hacia la ventana–. Ella no escogió ser prostituta. Vino a Australia pensando que iba a trabajar como doncella en un gran hotel. El plan era enviarle dinero a su familia.

Elsa frunció el ceño.

–¿Tu madre era inmigrante?

Él se rio sin ganas.

–Una inmigrante ilegal. Un agente de inmigración le dijo que lo había solucionado todo antes de venir. De hecho, pagó por el privilegio. Pero todo resultó ser una mentira. La llevaron a un burdel y la vendieron como si fuera una esclava.

Elsa tuvo que apoyarse en el brazo de una butaca.

–¿Una esclava? –había leído sobre la trata de blancas, pero no le parecía real.

El rostro de Donato, tan rígido como el bronce, la convenció.

–Le quitaron el pasaporte, dijeron que tenía que trabajar para ellos para pagar la deuda contraída al ir a Australia.

–¿Quiénes hicieron eso?

Su mirada fría se clavó en la suya.

–Ah, esa es la cuestión. Estaba el hombre que llevaba el burdel y sus ayudantes, pero había más gente detrás. Los que hacían fortuna explotando a mujeres como mi madre.

Elsa se llevó una mano al pecho para calmar el doloroso latido de su corazón.

–¿Mi padre era uno de ellos, es eso lo que estás diciendo?

Quería gritar que no era cierto. Que su padre no haría algo así. Pero no pudo. Todo lo que sabía de su padre apuntaba a que utilizaría a cualquiera. No tenía conciencia en lo que se refería a ganar dinero. El estómago se le puso del revés.

Donato asintió.

—Lo siento —había tristeza en su voz, como si hubiera captado su horror y su vergüenza—. Vamos, siéntate.

—No, estoy bien —ella sacudió la cabeza—. Cuéntame el resto —tenía que saberlo todo.

—No hay mucho más que contar. Mi madre estuvo allí retenida durante años, igual que muchas otras. Tenía demasiado miedo para ir a las autoridades.

Donato hizo una pausa. Cuando volvió a hablar, lo hizo con voz rota.

—Decidí convertir en mi misión encontrar a los responsables del tráfico de mujeres. Me llevó años, pero finalmente estreché el cerco a dos hombres. Uno estaba siendo investigado por la Policía, pero murió antes de que pudieran arrestarlo. El otro, tu padre, cubrió mejor sus pasos.

—Pero, ¿estás seguro? —Elsa sabía que era una pregunta inútil. Donato no dejaba nunca nada al azar.

—Te puedo enseñar las pruebas si quieres, Elsa. Llevo años recopilándolas.

—No, gracias —Elsa en el fondo sabía que era cierto. Le costaba trabajo respirar. Le costaba trabajo pensar.

La verdad se abría entre ellos. Era oscura, terrible y lo explicaba todo. Por qué se había acercado a ella. Para distraer a su padre.

Había sido su instrumento de venganza. Sintió una punzada de dolor en el pecho. ¿La había seducido Donato solo para poder apretarle más las tuercas a su padre? ¿Para hacer más dulce la venganza?

Tal vez fuera una ingenua, pero no lo creía. Donato era duro e implacable, pero no era cruel. Su pasión había sido real. Pero fuera lo que fuera lo que habían compartido, se había terminado.

Donato ya no la necesitaba.

Y en cuanto a la posibilidad de tener un futuro juntos... ¿cómo iba a ser posible? Era la hija de su enemigo. Aquello se interpondría siempre entre ellos.

–Me da la impresión de que necesitas una copa.

Donato seguía manteniendo las distancias, pero Elsa se apiadó de su expresión demacrada.

–Y tú también.

Donato se encogió de hombros. Contarle a Elsa la verdad había sido tan duro como se temía. No podía apartar la mirada de ella, que estaba apoyada en el brazo de la butaca. Tenía una mirada dolida y el brillante vestido que se sujetaba al pecho enfatizaba la tensión de sus facciones.

Pero mantenía la barbilla alta, dispuesta a enfrentarse a todo lo que pudiera contarle.

–¿Qué te sirvo?

–Algo fuerte –asintió ella–. Un vodka doble.

Donato se giró, agradecido por tener algo que hacer. Escuchó a su espalda el susurro de la tela. Elsa debía de estar poniéndose más cómoda, sentándose en la butaca. Bien.

–Siento haberte dejado en estado de shock –le temblaron un poco los dedos mientras abría la botella y servías las copas–. Toma, esto te ayudará –se dio la vuelta con las copas en la mano y se detuvo en seco.

En el suelo había una montaña de tela blanca: el

traje de novia. Se lo había quitado y había salido desnuda del salón.

Apretó con fuerza las copas. Tenía que hablar con ella, ver si podía salvarse algo del naufragio de su relación.

Pero Elsa había dejado las cosas muy claras. Ni siquiera había querido tomarse una copa con él. Sin duda, no podía soportar tenerlo delante. Era el heraldo del mal, el hombre que había destrozado a su padre y que la había utilizado para sus maquinaciones.

Donato alzó una de las copas y se bebió el vodka doble de un trago.

Tuvo que hacer un esfuerzo para no salir corriendo tras ella. Pero Elsa necesitaba tiempo. Al menos le debía eso. Se dejó caer en una de las butacas, levantó la segunda copa y se la bebió. El alcohol le quemó la garganta pero no llegó a tocar el hielo ártico de su corazón. Se quedó sentado mucho tiempo, escuchando los sonidos de Elsa moviéndose por el dormitorio que estaba encima del salón. Finalmente, cuando ya no pudo seguir esperando más, dejó las copas vacías y se levantó.

Le sorprendió ver el dormitorio vacío, y también le sorprendió el hueco que sintió en el pecho. Lo intentó en el baño y en el vestidor, y vio que no quedaba ni rastro de Elsa, ni siquiera una horquilla de pelo.

Entonces sintió miedo. No miedo por su integridad física como el que había sentido en la cárcel, sino un miedo como el que conoció de niño. Miedo a perder a la única persona del mundo que realmente le importaba.

Capítulo 16

Cuatro meses después

El paquete llegó de improviso. Sin nota y sin remitente. La etiqueta estaba escrita a ordenador, impersonal.

Pero Donato supo que era de Elsa. Lo presintió.

¿O se estaba engañando a sí mismo otra vez? Había retrasado dejar la casa de Sídney aunque no tenía estómago para emprender ningún proyecto allí. Pero tampoco tenía nada en Melbourne, ni había descubierto nada que despertara su interés.

Los negocios no le satisfacían. Ni tampoco el deporte.

Sus empleados pensaban que estaba enfermo. Pero ninguna medicina podía arreglar lo que le pasaba. Más de una vez había levantado el teléfono para contratar un detective y localizar a Elsa. Sería muy sencillo. Pero entonces recordaba que ella desaprobaba aquellas tácticas invasivas. Y Donato le había prometido que no le haría algo así.

Si quería ponerse en contacto con él, ella le llamaría. Tenía sus teléfonos y su dirección. Su silencio era la prueba de la decisión que había tomado.

Donato abrió la caja y quitó el papel de burbujas que había dentro. Se quedó mirando el contenido con una punzada de dolor en el pecho. Tenía delante una mesita auxiliar de ébano y castaño de diseño sencillo que brillaba con la pátina que solo el tiempo y una buena restauración podían darle.

Donato pasó la mano por el tablero. La vieja madera parecía seda. No quedaba ni rastro de los daños que tenía cuando Elsa la encontró. Recordaba perfectamente el día que le había llevado a la tienda de antigüedades en las Montañas Azules. Aquel día estaba feliz y le brillaban los ojos.

Donato dejó caer la mano. Quería volver a aquello. A ver a Elsa feliz. Lo necesitaba.

La venganza contra Sanderson se había convertido en cenizas en su boca cuando perdió a Elsa. Sanderson estaba en bancarrota, su reputación hecha trizas, y la Policía lo investigaba, no solo por su papel en el tráfico de personas, sino también por fraude. Pero, en lugar de sentirse bien, Donato era consciente de lo vacío que estaba sin Elsa.

Sin embargo, vaciló. No sabía si aquel regalo era una señal de que le había perdonado o una despedida. Tal vez Elsa no pudiera soportar ver aquella mesa porque le recordaba a él.

Con los nervios a flor de piel y la mirada clavada en el regalo, sacó el móvil.

—No te muevas o estropearás el maquillaje —Fuzz chasqueó la lengua, pero no estaba enfadada. Elsa no la había visto nunca tan feliz.

Incluso aquella noche, antes de la fastuosa fiesta para celebrar la inauguración del resort tropical, Fuzz estaba relajada, convencida de que todo saldría bien.

—No sé por qué necesito maquillaje. O un vestido nuevo —Elsa se pasó el dedo por la seda rosa pálido de su vestido, delicada como las alas de un hada, mientras su hermana le daba los últimos retoques.

—Porque hay una fiesta —Fuzz dio un paso atrás para observar su trabajo—. Quiero que estés preciosa.

—Eso va a ser difícil —gruñó Elsa. Lo más cerca que había estado de estar preciosa fue cuando se probó el vestido de novia. Ordenó al instante a su mente que se cerrara a aquel recuerdo.

Eso había terminado. Tenía que seguir adelante. No podía odiar a Donato por acabar con su padre. Elsa había intentado durante años querer a Reg Sanderson, pero nunca fue capaz de hacerlo. Las noticias sobre su pasado criminal fueron la gota que colmó el vaso, y había cortado todas las ataduras. Arruinado y sin amigos, Sanderson se marchó de Sídney, Elsa no sabía a dónde ni le importaba.

En cuanto a Donato... había destrozado su ingenua ilusión de pensar que sentía algo por ella. Solo había sido una herramienta útil para él.

—Deja de fruncir el ceño. Vas a asustar a los invitados. Eso está mejor —Fuzz agarró algo que tenía al lado—. Esto es el toque final para que el atuendo esté completo. Se pone en el antebrazo, no en la muñeca —le puso a Elsa un paquetito envuelto en la mano y se dio la vuelta. Matthew debe de estar buscándome. Luego te veo.

Elsa abrió el paquete y se quedó mirando con la boca abierta el objeto que tenía en la mano. La luz se reflejó en las caras de los diamantes, haciéndolos brillar. Elsa contuvo el aliento. No podía ser.

Por supuesto que no. Tenía que tratarse de una copia. La pieza auténtica, realizada por un joyero de fama mundial hacía casi un siglo, estaba hecha de platino, ónice y diamantes rosas, y valía una fortuna. Había salido hacía poco en un catálogo de subastas internacional.

Sintió una punzada en el vientre al recordar cómo se habían divertido Donato y ella repasando esos catálogos.

Hizo un esfuerzo por apartar la mente de Donato y se puso el brazalete en el antebrazo.

Se dio la vuelta para mirarse en el espejo. Estaba distinta. Fuzz le había ocultado las ojeras y el destello de las joyas hacía que le brillaran los ojos. El vestido era sofisticado y al mismo tiempo femenino. Ojalá Donato pudiera verla así. Elegante. Contenta. Dispuesta a seguir con su vida.

Echó los hombros hacia atrás y salió por la puerta. Estaba a medio camino desde su cabaña al edificio principal del resort, al que accedía por un camino entre palmeras, cuando una voz profunda la hizo detenerse.

—Hola, Elsa.

—¿Donato?

Él salió de entre las sombras. A Elsa le dio un vuelco al corazón. Donato Salazar con esmoquin estaba demasiado guapo para ser real.

—¿Qué estás haciendo aquí?

—Me han invitado.

—¿Invitado? —Elsa frunció el ceño. Con razón Fuzz se había ido a toda prisa en lugar de esperarla.

—Estás preciosa, cariño.

—No —Elsa alzó una mano para evitar que siguiera hablando. No quería que sus palabras cariñosas la ablandaran—. ¿Por qué estás aquí?

—Para hablar. Necesitaba verte —su voz la envolvió como un abrazo—. ¿Por qué me enviaste la mesa?

Elsa tragó saliva. En el momento le había parecido una buena idea. Pero ahora estaba demasiado asustada para decir la verdad.

–Sabía que te gustaría. Y mi apartamento es muy pequeño. No tenía sitio para ella.

–Esa mesa cabe en cualquier lado. ¿No sería porque te evocaba demasiados recuerdos?

–¿Cómo has sabido...? –Elsa apretó los labios. Donato no necesitaba saber que no podía mirar a la mesa sin recodar lo bien que se lo habían pasado juntos. Hasta el día en que él destruyó sus ilusiones con la verdad.

Donato dio un paso atrás. Tenía la mirada nublada.

–Entiendo. Te recordaba cosas feas. A los errores que cometí.

¿Errores? ¿Desde cuándo admitía Donato sus errores? Todo lo que había hecho formaba parte de un plan. Incluso estar con ella.

–Y sin embargo, aceptaste mi regalo –Donato señaló con la cabeza el brazalete.

Elsa le miró fijamente.

–¿Tu regalo?

–¿No te dijo nada tu hermana?

Elsa sacudió la cabeza.

–Pensé que era una copia. ¡No tenía ni idea! –empezó a quitárselo.

–¡No! –exclamó Donato–. Déjatelo. Considéralo un regalo de despedida. Una disculpa por el modo en que te embauqué. Fue algo deleznable por mi parte.

Donato se dio la vuelta, pero al verlo marcharse, la determinación de Elsa flaqueó.

–¡Espera! No puedes irte así –hizo un esfuerzo por no agarrarle.

–¿Por qué no? Tú no quieres que esté aquí –había algo en su tono de voz que Elsa no pudo identificar.

¿Tendría el valor de averiguarlo?

–Donato –dio un paso hacia él. Apenas podía respirar y tenía el estómago del revés–. Dime la verdad. ¿Por qué has venido?

Él ladeó la cabeza y miró hacia el cielo del atardecer como buscando una guía. Cuando volvió a mirarla tenía una expresión muy viva, le brillaban los ojos.

–Para verte.

–¿Para disculparte? –Donato se tomaba muy en serio el deber. La había utilizado y sabía que se merecía una disculpa. A Elsa se le cayó el alma a los pies ante la idea de no ser más que una obligación que había que tachar de la lista.

–Para eso también. Debería estar de rodillas.

–¿Para eso también? –¿qué otra cosa podía haber? Elsa abrió los ojos de par en par cuando Donato se le acercó más.

–He venido porque tenía que saber qué sientes por mí –se detuvo y carraspeó–. Todo es diferente sin ti. No puedo... –Donato se frotó la nuca con la mano en señal de incomodidad.

Las mariposas del estómago de Elsa se convirtieron en gaviotas chillonas.

–¿Qué no puedes, Donato? –Elsa entrelazó las manos para que no se notara cómo le temblaban.

–No puedo estar tranquilo. No puedo trabajar –de una zancada más, se puso a su lado y le tomó las manos. Elsa sintió un nudo en la garganta. No podía evitar sentir una llamita de esperanza–. Quiero que vuelvas, Elsa. Te necesito. Sé que no tienes motivos para querer estar conmigo, he destruido a tu padre y te he mentido. Sé que me vas a rechazar, pero tengo que estar absolutamente seguro de ello porque te amo. Y si hay algo que sé es que el amor, el verdadero amor, es algo maravilloso y poco frecuente.

Elsa se quedó mirando perpleja aquel rostro en el que ahora se había desatado la emoción.

—No puedes amarme —fue un suspiro desconfiado y al mismo tiempo maravillado.

Donato soltó una carcajada amarga.

—Por supuesto que puedo. Aunque entiendo que tú me odies o creas que un hombre como yo no puede amar —arrugó la frente.

—¿Un hombre como tú? —Elsa sacudió la cabeza, se había quedado con la palabra «amor». ¿Donato la amaba? ¿Sería eso posible?

—Un delincuente. Un hombre cuya madre se vendía por dinero. Que creció en lugares que te horripilarían. Que...

Elsa le puso una mano en la boca para detener sus palabras y luego la apartó suavemente.

—No digas esas cosas. Tú no eres así —sentía los pulmones sin aire—. No es tu pasado lo que te define, Donato. Trabajaste para convertirte en el hombre que eres hoy. Eres respetado y admirado. Generoso y trabajador. Y si lo que sentías por tu madre no era amor, entonces yo no sé que es el amor. Todo lo hiciste porque la querías. Debía de ser una mujer muy especial para inspirarte tanta devoción.

Donato abrió los ojos de par en par. Y entonces sus poderosos brazos la atrajeron hacia sí, apretándola contra su corazón. Le puso la mano en el pelo y Elsa cerró los ojos ante aquella oleada de placer. Los dedos de Donato le masajearon el cuero cabelludo, sentía su cuerpo duro y fuerte contra el suyo, el cálido aroma de su piel.

No pudo contenerse. Se apoyó contra él y disfrutó de cada sensación, de la ternura de su abrazo.

—Eres una mujer increíble, Elsa. Ninguna otra pensaría como tú.

Elsa había tratado de odiarle por el modo en que la había utilizado, pero a través del dolor desgarrador, de la angustia que sintió al descubrir la verdad, se había dado cuenta de que no podía. No podía aplastar lo que sentía por él por mucho que lo intentara, sobre todo porque entendía la oscuridad y el dolor que le habían motivado.

¿Hasta dónde habría llegado ella si hubiera estado en su lugar?

Y ahora, descubrir que Donato la amaba, que no se consideraba digno de ella...

–Ninguna otra mujer te ama –le rodeó el cuello con los brazos y lo abrazó con fuerza.

La mano que le estaba acariciando el pelo se detuvo.

–¿Qué? –el corazón de Donato, que estaba bajo su mejilla, dio un vuelco.

Elsa aspiró con fuerza su aroma a café y a hombre y se estremeció ante aquella intimidad que pensó que no volvería a experimentar nunca.

–Te amo, Donato. Yo...

La frase quedó interrumpida cuando él dio un paso atrás y le tomó el rostro entre las manos, inclinándose para mirarla.

–Dilo otra vez.

Elsa sintió cómo se le sonrojaban las mejillas.

–Te amo.

Los labios de Donato cubrieron los suyos. Elsa se dejó llevar y sacó de sí todo lo que sentía, esperaba y ansiaba. Y fue recompensada multiplicado por cien veces porque los besos de Donato hablaban de pasión, ternura y felicidad. Y de amor... el amor que Elsa no se había atrevido a esperar.

Cuando se separaron para respirar, Donato se frotó los ojos.

–Me desarmas, cariño.

Elsa se apretó más contra él.

–Claro que no.

Donato se rio y la miró con ojos brillantes.

–Tú me haces sentir cosas que no estoy acostumbrado a sentir. No había llorado desde que era niño.

Elsa sintió que el corazón le daba un vuelco dentro del pecho. Tal vez si Donato hubiera aprendido antes a lidiar con sus emociones habría encontrado una manera de trabajar con la rabia y la pérdida.

–Me gustan los hombres que están en contacto con sus sentimientos –Elsa alzó la vista para mirarlo, seguía sin poder creer que estuviera allí y que la amara–. Pero, ¿estás seguro?

–¿Respecto a qué, cariño?

–Respecto a amarme. Soy la hija de Reg Sanderson.

–Nadie puede culparte por los actos de tu padre. Eres completamente distinta a él –la expresión tierna de Donato fue como un bálsamo para su alma–. Me enamoré de ti desde aquella primera noche. Me desconcertaba desearte tanto, no solo quería tenerte en mi cama, sino de todos los modos posibles. Nunca he deseado a una mujer como te deseo a ti, Elsa. Quiero estar contigo, envejecer contigo. Ver crecer a nuestros hijos y tener nietos.

–¿De verdad? –ella parpadeó.

–¿Por qué crees que estoy aquí? Casi me muero cuando te marchaste, pero sabía que te había hecho daño. No tenía derecho a pedirte que me dieras una segunda oportunidad.

–Pero aquí estás.

Donato asintió.

–Cuando me llegó tu regalo sentí que tenía que saberlo –frunció el ceño–. Ni siquiera me había disculpado formalmente por lo que te hice. Fui un egoísta. No tendría que haber...

Elsa se puso de puntillas y lo besó en la boca. Él gimió y la beso a su vez. Todos los nervios de Elsa se estremecieron de emoción al ser besada por el hombre que amaba. Por el hombre que la amaba a ella.

–Ya habrá tiempo después para las disculpas –jadeó Elsa cuando por fin se separaron–. Las disculpas y las explicaciones son importantes, pero ahora mismo me está costando trabajo asumir que esto es real. Te perdono, Donato, y te amo con todo mi corazón. Solo quiero disfrutar de esta felicidad.

La sonrisa de Donato le transformó la cara y borró las sombras que quedaban. Era el hombre más guapo que había conocido jamás y le amaba profundamente.

–No te preocupes, Elsa. Mi plan es hacerte feliz el resto de tu vida –vaciló un instante–. Si estás segura de...

–Estoy absolutamente segura –lo que sentía por Donato era algo único. Estaban destinados a estar juntos–. Tengo la intención de hacerte feliz a ti también.

–Ya me has hecho el hombre más feliz de la tierra. Haces que quiera ser un hombre mejor, Elsa. Alguien de quien te puedas sentir orgullosa.

La sonrisa de Donato era lo mejor que había visto en su vida. Pero su mirada reflejaba seriedad.

–Ya me siento orgullosa de ti, Donato. Te respeto más que a ningún otro hombre que conozco.

A él le brillaron los ojos.

–Nunca he conocido a una mujer tan honesta e íntegra como tú, Elsa. Ni tan apasionada. No quiero dejarte marchar nunca –la volvió a estrechar entre sus brazos.

Elsa se acurrucó contra él y sintió que se le elevaba el alma.

Suspiró al escuchar el sonido de una música.

—Los demás nos esperan. Prometí que estaría con ellos en su noche especial.

—También es nuestra noche especial —Donato dio un paso atrás y entrelazó los dedos con los suyos—. Vamos, celebrémoslo con tu familia. Tengo que darles las gracias por confiar en mí lo suficiente como para invitarme a estar aquí.

—¿Quieres pasar la velada en una fiesta? —Elsa hizo un puchero y Donato la besó al instante.

—He reservado la suite nupcial —murmuró con aquella voz ronca que siempre la derretía por dentro—. Pensé que podríamos pasarnos por la fiesta y luego volver allí. Todavía tengo que ofrecerte esas disculpas. Y después de eso ya podré empezar.

—¿Empezar? —a Elsa todavía le estaba costando trabajo pensar con claridad después de aquel beso.

—A cortejarte, señorita Sanderson. Quiero que sepas que mis intenciones son completamente honorables.

—¿Completamente? —Elsa compuso una mueca de fingida desilusión.

Donato se le acercó más. Sus labios esbozaban una sonrisa, pero fue el amor que reflejaban sus ojos lo que la dejó sin aliento.

—Casi completamente.

Entonces la besó otra vez y Elsa se olvidó por completo de hablar.

Bianca

Una noche, un bebé, un matrimonio

El millonario italiano Gabriel Danti era famoso por sus proezas en el dormitorio... y Bella Scott fue incapaz de resistirse a la tentación de la noche que le ofrecía...

Cinco años después, Bella vivía sola, labrándose una vida para su pequeño y para ella. ¡Jamás pensó que volvería a ver a Gabriel!

Él había cambiado. Su cuerpo estaba lleno de cicatrices. Pero el deseo que sentía por Bella no había menguado. Y sabiendo que tenía un hijo, la deseaba más que nunca...

CICATRICES DEL ALMA
CAROLE MORTIMER

Acepte 2 de nuestras mejores novelas de amor GRATIS

¡Y reciba un regalo sorpresa!

Oferta especial de tiempo limitado

Rellene el cupón y envíelo a

Harlequin Reader Service®

3010 Walden Ave.

P.O. Box 1867

Buffalo, N.Y. 14240-1867

¡Si! Por favor, envíenme 2 novelas de amor de Harlequin (1 Bianca® y 1 Deseo®) gratis, más el regalo sorpresa. Luego remítanme 4 novelas nuevas todos los meses, las cuales recibiré mucho antes de que aparezcan en librerías, y factúrenme al bajo precio de $3,24 cada una, más $0,25 por envío e impuesto de ventas, si corresponde*. Este es el precio total, y es un ahorro de casi el 20% sobre el precio de portada. ¡Una oferta excelente! Entiendo que el hecho de aceptar estos libros y el regalo no me obliga en forma alguna a la compra de libros adicionales. Y también que puedo devolver cualquier envío y cancelar en cualquier momento. Aún si decido no comprar ningún otro libro de Harlequin, los 2 libros gratis y el regalo sorpresa son míos para siempre.

416 LBN DU7N

Nombre y apellido	(Por favor, letra de molde)

Dirección	Apartamento No.	

Ciudad	Estado	Zona postal

Esta oferta se limita a un pedido por hogar y no está disponible para los subscriptores actuales de Deseo® y Bianca®.

*Los términos y precios quedan sujetos a cambios sin aviso previo.

Impuestos de ventas aplican en N.Y.

SPN-03

Deseo

Emparejada con un millonario
Kat Cantrell

El empresario Leo Reynolds estaba casado con su trabajo, pero necesitaba una esposa que se ocupara de organizar su casa, que ejerciera de anfitriona en sus fiestas y que aceptara un matrimonio que fuera exclusivamente un contrato. El amor no representaba papel alguno en la unión, hasta que conoció a su media naranja...

Daniella White fue la elegida para ser la esposa perfecta de Leo. Para ella, el matrimonio significaba seguridad. Estaba dispuesta a renunciar a la pasión por la amistad. Sin embargo, en el instante en el que los dos se conocieron, comenzaron a saltar las chispas...

*Que no la amaba era una mentira que
se hacía creer a sí mismo*

¡YA EN TU PUNTO DE VENTA!

Bianca

Aquel milagro fue más dulce que la más suave de las melodías

El multimillonario Zaccheo Giordano salió de la cárcel un frío día de invierno con una sola idea en la cabeza: vengarse de la familia Pennington, responsable de que hubiera acabado allí. Y pensaba empezar con su exprometida, Eva Pennington. Cuando Zaccheo exigió a Eva que volviera a comprometerse con él si quería salvar a su familia, ella accedió. Ya que se trataría de un matrimonio de conveniencia, ella podría mantener en secreto que era estéril. Pero Zaccheo le dejó muy claro que su matrimonio sería real en todos los sentidos, y que quería un heredero…

SUAVE MELODÍA
MAYA BLAKE